Kaikkea vastustava seura

I0662511

Santosh Kalwar

UNELMA PUBLISHERS

Published by:

Unelma Publishers
Nuijavuori 1 D 29
02630 Espoo, Finland
email: unelmapublishers@gmail.com

Kaikkea vastustava seura

ISBN 978-952-65358-0-7 (softcover)
ISBN 978-952-65257-7-8 (hardcover)
ISBN 978-952-65257-8-5 (PDF)
ISBN 978-952-65257-9-2 (EPUB)

Vastuuvapauslauseke

Tämä on kuvitteellinen teos. Teoksessa esiintyvät nimet, hahmot, paikat, tapahtumat ja sattumukset ovat joko kirjailijan mielikuvituksen tuotteita tai käytetty kuvitteellisella tavalla. Mahdolliset yhtäläisyydet todellisten henkilöiden, elävien tai kuolleiden, tai todellisten tapahtumien kanssa ovat täysin sattumanvaraisia.

Tiivistelmä / Kirjan kuvaus

Farley Underwood on mies, joka on hukkunut omiin ajatuksiinsa, yrittäen selvittää häntä ympäröivää maailmaa. Hänen päässään velloo kaoottinen sekasorto epäjohdonmukaisia ideoita ja järjettömiä käsityksiä, mikä saa hänet tuntemaan itsensä syrjäytyneeksi niistä ihmisistä, jotka häntä ympäröivät.
Kukaan ei näytä ymmärtävän häntä, eikä hän itsekään täysin hahmota maailmankaikkeuden monimutkaisuuksia.
Sekasortonsa keskellä Farley haikailee yksinkertaisemman maailman perään, paikan, jossa mikä on ja mikä ei ole, on selvästi ja yksiselitteisesti määritelty.
Hän unelmoi paikasta, jossa talonmiehet kaivelevat roskakoreja kolikoiden toivossa, ja paikasta, jossa todellisuuden lait pysyvät muuttumattomina ja vakaina. Valitettavasti tämä maailma on kaukana siitä, jossa hän elää. Todellisuus on alati muuttuva ja monimuotoinen, muotoutuva

ja mukautuva jokaisen uuden hetken myötä.

Silti Farley ei hellitä pyrkimyksissään ymmärtää. Hän tietää toiveidensa olevan mahdollisesti absurdeja, mutta maailmassa, jossa kaikki näyttää järjettömältä, mikä on järjen merkitys? Ehkä ymmärryksen avain ei piilekään logiikassa tai järjessä, vaan kyvyssä hyväksyä kaikki absurdius.

Elämänsä polulla Farley kulkee hämmentyneenä ja häkeltyneenä, etsien merkitystä häntä ympäröivästä sekasorrosta. Hän pysyy avoimena mahdollisuudelle löytää jotain odottamatonta matkan varrella, olkoon se sitten kolikkokasa roskiksessa tai linna, joka seisoo vakaana sen sijaan, että sitä ei olisi olemassa. Maailmassa, jossa absurdius vallitsee, kaikki on mahdollista.

Sisältö

Luku 1
Luku 2
Luku 3
Luku 4
Luku 5
Luku 6
Luku 7
Luku 8
Luku 9
Luku 10
Luku 11
Luku 12
Luku 13
Luku 14
Luku 15
Luku 16
Luku 17

Luku 1

Kiivetessäni mäkeä ylös, laskin askeliani huolellisesti: yksi, kaksi, kolme, neljä... kymmenen. Vasta kymmenen askeleen jälkeen vuoren rinteessä, hengästyin jo kuin kala kuivalla maalla. Tuntui, että ympäröivä ilma taisteli minua vastaan, riistäen jokaisella hengenvedolla arvokasta happea. Tauollani, suojaten silmiäni kirkkaalta auringolta, katsahdin ylös mäen huipulle ja tunsin itseni lannistuneeksi. Se tuntui Mount Everestiltä. Minulla oli kuitenkin tehtävä: kannoin yhdessä kädessä lentolehtisiä ja toisessa leikekirjaa, ja olin päättänyt toimittaa ne perille. Niinpä jatkoin, vaikka jalkani painoivat kuin lyijy.

Sitten tapahtui katastrofi: otsalleni kertynyt hiki valui silmiini, pistäen kuin neulat. Yritin pyyhkiä hikeä, mutta siinä sotkussa pudotin kaikki lentolehtiset maahan. Mikä pahempaa, äkkinäinen tuulenpuuska lennätti ne ympäriinsä kuin konfetit. Yritin epätoivoisesti saada niitä kiinni, mutta turhaan. Näytin varmasti naurettavalta: hikisenä, hengästyneenä sekasotkuna huitoen ympäriinsä kuin lintu rikkoutuneella siivellä. Mutta en välittänyt. Tehtäväni oli tärkeä, enkä antaisi pienen hien, tuulen ja painovoiman pysäyttää minua. Totta kai asiat ovat aina monimutkaisempia kuin saattaisi odottaa. Onnistuin pelastamaan kaksi tai kolme lentolehtistä astumalla niiden päälle ja painamalla ne jaloillani maahan. Kun lopulta selvisin silmiäni kirvelevästä hiestä, suurin osa lentolehtisistä oli jo levinnyt noin puolen mailin päähän. Niinpä päätin antaa niiden olla, toivoen, että joku löytäisi ne ja levittäisi viestin eteenpäin. Vaikka tiesin sen epätodennäköiseksi, halusin uskoa niin – samalla tavalla kuin lapsena uskoin, että jos vahingossa heitin kolikon roskakoriin, se olisi siivoojan löytö ja tippiraha. Tällainen ajattelu tarjosi lohtua; kaikki tuntui oikeudenmukaiselta, mikään ei ollut turhaa, ja lopulta kaikki tasapainottuisi.

Olen viettänyt paljon aikaa pohtien kaikkia niitä kolikoita, joita olen heittänyt pois. Niitä on ollut huomattava määrä, vaikkakaan ei enempää tai vähempää kuin kenelläkään muulla. Kaiken huomioon ottaen melko keskimääräinen määrä, mutta silti kamalasti rahaa.

Jatkoin mäen kiipeämistä. Se oli todella jyrkkä mäki. Tällä hetkellä toivoin puolittain, että pääsisin huipulle - hiestä märkänä, kaikkine naurettavine, surkeine lentolehtisineni - vain jotta Delaney Fowles käskisi minut poistumaan talostaan. Aiemmin kaikkien muiden kanssa oli käynyt juuri näin, ja jossain syvällä sisälläni toivoin, että niin kävisi nytkin. Silloin minun ei enää ikinä tarvitsisi kiivetä tätä helvetillistä mäkeä.

Mutta jokin sisälläni ajoi minua eteenpäin; jokin tuntematon voima, jonka lähteestä en ollut täysin varma. Yritän aina ymmärtää, mikä saa minut jatkamaan, mutta en koskaan lopeta ennen kuin olen saanut aloitetun asian päätökseen. Se ei ole kestävyyttä, sankaruutta tai mitään sellaista - enkä usko sen olevan masokismiakaan. Ei ole kyse siitä, että haluaisin päästä loppuun; en vain pysty lopettamaan. Olipa se hyvää tai huonoa, se sai minut jatkamaan mäen nousua.

Tässä piilee toinen epävarmuuteni – en ole koskaan täysin varma mistään. Vaikka toivoisin olevani tai väitänkin olevani, todellisuudessa en ole. Olen aina toivonut, että jotkut ihmiset olisivat varmoja jostakin – se oli yksi niistä lohdullisista uskomuksista, joita lapsena pidin. Mutta totuuden nimissä, kukaan ei ole täysin varma mistään, vaikka me kaikki toivoisimme toisin.

Vaikka joku on joskus ollut varma jostakin, ajan myötä heidän ajatuksensa ovat muuttuneet tai tulevat muuttumaan. Ei ole enää olemassa varmuutta tai epävarmuutta; mitä oli ennen, ei ole enää, ja mikä tulevaisuudessa on, ei ole vielä olemassa. Se ajatus, että jonain päivänä omatkaan aivoni eivät enää toimi samalla tavalla, tuo minulle suurta surua. Tuo ajatus työntää minua eteenpäin, aina kun pysähdyn sitä pohtimaan.

Jatkoin yhä mäen nousua. Aloin miettiä muita ihmisiä, joita olin tavannut sinä päivänä; enimmäkseen aikuisia. Jos he olisivat antaneet minun puhua heidän lapsilleen sisällä, asiat olisivat olleet minulle paremmin. Tarkoitan, että en yrittänyt värvätä helvetin vanhempia.

En todellakaan pidä aikuisten kanssa puhumisesta. Olen varma, että tämä on ongelmallista myöhemmin elämässä – käytännössä olen aikuinen – mutta aikuiset aina katsovat minua sillä tietyllä tavalla. Se melkein ajaa minut hulluksi joka kerta, kun näen sen. Sellainen katse, joka sanoo: "Eikö olisi jo aika mennä kotiin, lapsi?" Kaikki ystävällistä ja alentuvaa ja hyvin kohteliasta ja hyvin huolestunutta. Tiedäthän. Sellainen juttu. Ja myönnän sen. Yleensä on aika mennä kotiin. Ongelma on, että minun täytyy selvittää, milloin on aika mennä kotiin ja milloin ei. Olen kuullut jotkut sanovan, etten ymmärrä asioita kuten muut. Kaikki aina sanovat minulle niin. En vain ymmärrä tiettyjä asioita. Toivoisin tietäväni, mitä en ymmärrä, mutta jos tietäisin, silloin ymmärtäisin.

Ymmärrän asiat samalla tavalla kuin kaikki muutkin. Mutta ymmärrän enemmän asioita kuin ihmiset olettavat minun ymmärtävän. Luultavasti kaikki ymmärtävät enemmän asioita kuin ihmiset uskovat heidän ymmärtävän. Tämä johtuu siitä, että ihmisten parhaat ajatukset jäävät vangiksi heidän päähänsä. Yleensä käy niin, että parhaat näkemykset pysyvät lukittuina heidän päissään koko elämänsä ajan, ja sitten kun heidän aivonsa mätänevät, mikä on, on ollut, joten se ei enää ole.

Ihmiset ovat hauskoja. En ymmärrä ihmisiä niin kuin en ymmärrä useimpia asioita. Ymmärrän itseäni, mutta en heitä. Luulisi, että koska olen ihminen, jos ymmärrän itseäni, ymmärtäisin myös heitä. Mutta kukaan ei näytä ymmärtävän toisiaan, ja kaikki näyttävät ymmärtävän minua vielä vähemmän.

Olen aina kuvitellut itseni istumassa tässä linnassa; se on tietysti metaforinen linna, mutta se on paljon tarkempi kuin mikään muu linna, jos sitä oikein ajattelee. Ja minä avaan kaikki linnani ovet ja huudan kaikille ohikulkijoille nähdäkseni, haluaisivatko he tulla sisään, mutta he eivät tule. Joten en tiedä, eivätkö he tule, koska he eivät halua tai eivät vain tule, mutta he eivät joka tapauksessa tule.

Olin tähän mennessä vaipunut syvälle ajatuksiin – ihmisten ja heidän tietämättömyydestään siitä, onko vai eikö ole, ja siitä, ymmärtävätkö he vai eivätkö ymmärrä asioita. Kun syvennyn ajatuksiin, en yleensä huomaa enää, mitä teen. Ihmiset tekevät sitä usein – syventyvät ajatuksiinsa – mutta eivät niin paljon kuin minä tunnun tekevän. Olen aina miettinyt, olinko ehkä enemmän ihminen kuin muut ihmiset, ja siksi minun oli niin vaikeaa ymmärtää asioita, joita he ymmärsivät.

Kun on kyse ihmisistä, mitä enemmän yrität heitä ymmärtää, sitä vähemmän järkeä heissä on. Joten mitä enemmän ymmärrät heitä, sitä vähemmän oikeasti ymmärrät heitä. Joten ymmärsin heitä hieman enemmän kuin he itseään tai minua, mikä oli syy siihen, miksi en ymmärtänyt heitä. Toivoin, että lopulta en ymmärtäisi heitä tarpeeksi, jotta ymmärtäisin heidät uudelleen, koska jos kuvittelin voivani ymmärtää ihmisiä, silloin voisin ymmärtää kaiken muunkin. Jos voisin selvittää sen, ihmiset saattaisivat lakata sanomasta, etten ymmärrä asioita. Silloin is voisi tulla is:ksi uudelleen, ja siivooja saisi tippejä, kun heität vahingossa kolikon pois, ja kaikki tulisivat linnaani.

Siksi kävelin mäkeä ylös.

Kun pääsin vuoren huipulle, olin niin hengästynyt, että istahdin keskelle ajotietä. Jos nämä ihmiset olisivat juuri sillä hetkellä katsoneet ikkunasta ulos, he olisivat todennäköisesti ihmetelleet, mitä teen istuessani heidän ajotiellään. Mutta en ollut siitä kovin huolissani. Kukaan ei enää katso ulos ikkunoistaan.

Lopulta nousin ylös. Kävelin ajotietä alas, joka oli täynnä kuoppia kauniin talon kohdalla, ja koputin oveen. He olivat istuttaneet kaikki nämä ruusupensaat pihalle, mutta niissä oli jotain vialla. Ne olivat terveitä ja vihreitä ja kaikkea, mutta niissä ei ollut yhtään ruusuja. Ei ollut mitään syytä siihen miksi ne olivat päättäneet olla kukkimatta.

Katsoin yhä ruusupensaita, kun joku avasi oven. En ollut koskaan tavannut tämän tytön äitiä aiemmin, mutta saatoin heti kertoa, että hän oli ystävällinen henkilö. Tiesin sen, koska hän hymyili minulle suuresti kuin olisi ollut iloinen nähdessään minut, vaikka olinkin vain hikinen, laihaa lasta muistuttava hahmo, joka piti kourassaan surkeita lentolehtisiä.

"Voitko hyvin?" hän kysyi minulta. Näytin siltä kuin olisin ollut pyörtymäisilläni.

"Kyllä," sanoin. "Olen täällä puhuakseni... puhuakseni..." Kaivoin taskustani listan. "Delaney Fowlesin kanssa."

Hän näytti yllättyneeltä. "Oletko täällä puhuaksesi hänen kanssaan?"

Inhoan, kun ihmiset tekevät niin. Kun kysyt heiltä kysymyksen, he toistavat sen kuin eivät olisi kuulleet sitä ensimmäisellä kerralla, vaikka tiedät, että he kuulivat. Mutta silti pidin rouva Fowlesista vähemmän kuin aiemmin. Se tuntuu tuomitsevalta, mutta joskus sille ei voi mitään.

"Yritän värvätä hänet," kerroin hänelle, koska olin ollut hiljaa pitkän aikaa, ja hän alkoi näyttää hämmentyneeltä.

"Värvätä hänet?" hän rypisti otsaansa. "Voi! Onko se, mihin lentolehtisesi ovat? Kuinka luovaa!"

"Kyllä," sanoin, vaikka lentolehtiset eivät olleetkaan maailmankaikkeuden omaperäisin idea. Katsoin hänen olkansa yli toivoen, että hän siirtyisi antamaan minun tulla taloon. Hän ei liikahtanut.

"Mihin värväät, herra...?" hän viipyili.

"Underwood. Farley Underwood." Ojensin kättäni. Hän kätteli sitä, vaikka se oli hikinen. Aloin pitää hänestä taas vähän enemmän. "Värvään SIOTE:lle," sanoin jokaisen kirjaimen erikseen. Lyhenteet ovat hyviä markkinointityökaluja, koska ihmisillä on yleensä kauhea keskittymiskyvyn puute, eivätkä he kuuntele kaikkia viittä sanaa.

"Vai niin? Mitä se tarkoittaa?" hän kysyi kuin se olisi ollut kiehtovaa. Hän ei ollut vielä kutsunut tätä Delaney-tyttöä eikä päästänyt minua taloon.

Huokaisin. "Kaikkea vastustavan seuran." Se oli vitsi, mutta ihmiset eivät olleet ymmärtäneet sitä tähän mennessä.

"Vai niin?" hän nosti kulmiaan. Olin huomannut, että hän sanoi 'vai niin' aika paljon.

"Kyllä."

"Mitä se tekee?" hän kysyi. Hänellä oli "skeptinen" äänensävy, joka useimmilla aikuisilla oli puhuessaan minulle. Tunsin, että se katse ei olisi kaukana nurkan takana, mutta en ollut vielä valmis menemään kotiin.

"Me kuljemme ympäriinsä vastustaen kaikkea. Se on hyvin symbolista." Kurkistin taloon. "Eikö Delaney ole kotona? Voin tulla toisen kerran."
En tiedä, johtuiko se siitä, että hän tunsi sääliä minua kohtaan – loppujen lopuksi hän oli hämmentynyt, vai oliko se vähän molempia – mutta hän astui sivuun ja päästi minut taloon.

Innostuin kovasti. En yleensä päässyt näin pitkälle värväysyrityksissäni. Kun aloin kävellä pitkin käytävää, tajusin, etten edes tiennyt, missä tämän tytön huone oli. Tajusin, että hänen äitinsä luuli minun olevan hänen ystävänsä, ja se oli todennäköisesti syy, miksi hän oli päästänyt minut taloon. Joten tajusin, etten voinut palata takaisin kysymään, missä hänen huoneensa oli; se paljastaisi minut. Niinpä kävelin käytävää pitkin rennosti, siltä varalta, että hänen äitinsä vielä tarkkaili minua kuin tietäisin täsmälleen, minne olin menossa. Minulla kävi tuuri, koska lopulta tulin tämän käytävän päähän, jossa oli ovi, jossa oli useita lommoja ja repaleinen Metallica-juliste. Yritin työntää oven auki, mutta se oli lukossa. Niinpä koputin hyvin kohteliaasti.

Joku oli sisällä, mutta he ottivat aikansa oven avaamisessa. Sitten, viimein, tämä tyttö avasi oven, mikä tuntui kestävän ennennäkemättömän pitkän ajan. Hän ei näyttänyt iloiselta nähdessään minut, mutta ei myöskään kovin ärsyyntyneeltä.

"Oletko Delaney?" kysyin häneltä varmistuakseni.

Hän ei sanonut mitään. Hän näytti hämmentyneeltä, mikä oli ymmärrettävää. Lopulta hän vain nyökkäsi minulle.

"Miksi vanhempasi päättivät asua mäellä?" kysyin häneltä. Se ei ollut se, mitä olin suunnitellut kysyväni, mutta joskus tällaiset asiat vain nousevat mieleen ja pulpahtavat ulos. Sille ei todella voi mitään.

Delaney risti kätensä. Hän oli hiljaa kymmenen sekuntia. "Karhut," hän sanoi lopulta.

Nyt tarvitsin tarkennusta. "Karhut?"

"Kyllä, karhut. Veljeni raadeltiin kuoliaaksi karhujen toimesta lapsena. Se tapahtui vanhassa talossamme. Karhut ovat liian laiskoja kiipeämään mäkeä, joten ne jättävät meidät nyt rauhaan."

"Voi," sanoin, noin seitsemänkymmentä prosenttisen varmana, että hän vain pilailee kanssani. Mutta hänellä oli kasvoillaan tämä vakava ilme; olin juuri tavannut hänet, joten se olisi ihan hyvin voinut olla totta. Joten sanoin: "Onpa kauheaa."

Delaney nauroi; se oli hyvin sarkastinen, ilkeä nauru. Mutta ainakaan se ei ollut yksi niistä teennäisistä nauruista, joita ihmisillä joskus on. En siedä niitä.

Hän jatkoi nauramista. Seisoin vain siinä, koska olin melko hämmentynyt. "Se ei ollut karhujen takia," hän sanoi lopulta. "Hikoilet. Tiesitkö sen?" Olin juuri vastaamassa, mutta hän jatkoi puhumista.

"Mitä nuo lentolehtiset ovat? En halua liittyä mihinkään kerhoihin." Hän näytti melko epäluuloiselta. Ilmeisesti hän oli sellainen henkilö, joka suhtautui varauksella lentolehtisiin.

"Se ei ole kerho," sanoin, "Se on seura." Pidin seurasta paljon enemmän, koska sana kerho toi mukanaan useita huonoja mielleyhtymiä lapsuudesta, joita en halunnut tunnustaa. Ojensin hänelle lentolehtisen, koska en tiennyt, mitä muuta tehdä.

Hän luki sitä hetken. "Mitä tarkoittaa 'Kaikkea vastustava seura?'"

"Se tarkoittaa, että me vastustamme kaikkea," sanoin. Se oli todella hyvin intuitiivista.

Hän tuijotti minua hetken. Sitten, "Jos vastustatte kaikkea, eikö se tarkoita, että vastustatte myös kerhoja?"

"No, kyllä," sanoin.

Hän mietti hetken. "Entä seuroja?"

"Tietysti," vastasin.

"Sitten ettekö vastusta myös itseänne?" Hän sanoi sen nenäkkäästi, ikään kuin en olisi ajatellut sitä.

"Selvästi," sanoin.

Hän rypisti otsaansa. "Se ei tee mitään järkeä."

Huokaisin. Tämä oli reaktio, jonka olin saanut joka kerta. Ihmiset eivät ymmärtäneet, että se oli vitsi. He loukkaantuivat, koska se ei tehnyt järkeä, vaikka on niin paljon muita, tärkeämpiä asioita, jotka eivät tehneet järkeä ja joista he eivät loukkaantuneet. Ei tehnyt järkeä olla jotain, mikä teki järkeä, jos mikään muu ei tehnyt järkeä alun perin.

Olisin voinut selittää tämän kaiken Delaneylle, mutta hän alkoi näyttää melko kärsimättömältä. Asiat lakkaavat olemasta hauskoja, jos niitä täytyy selittää ihmisille, varsinkin jos he tarvitsevat erinomaista keskittymiskykyä.

Joten sanoin vain: "Me vastustamme asioita, jotka tekevät järkeä."

Hän tuijotti minua hetken. "Et voi olla tosissasi", hän sanoi ärtyneenä. Hän näytti hitaasti tajuavan jotain.

"Vastustamme asioita, jotka ovat vakavia", sanoin.

Delaney tuijotti minua hetken. "Kuinka monta jäsentä teillä on, muuten?" hän kysyi.

"O- olen ainoa jäsen", sanoin. "Siksi yritän värvätä ihmisiä."

Hän katsoi lentolehtistä ja sitten äkkiä virnisti. "Tämä on typerin juttu, jonka olen koskaan kuullut", hän sanoi. Sitten hän paiskasi oven kiinni edessäni.

Koputin uudelleen, hyvin kohteliaasti.

"Mitä?" hän huusi huoneesta.

"No, aiotko liittyä?" kysyin.

Oli pitkä hiljaisuus. Kun hän ei vieläkään vastannut, koputin uudelleen.

"Delaney, aio—"

"Tietenkin liityn!" hän ärähti. Sitten hän oli hiljaa.

"Ok", sanoin, ajatellen, että hän saattaisi taas vain laskea leikkiä kanssani. Mutta tämä oli myönteisin vastaus, jonka olen koskaan saanut, joten en ollut valmis luovuttamaan. "Tarvitsen kuitenkin puhelinnumerosi, jotta voin ottaa sinuun yhteyttä."

Delaney ei sanonut mitään. Hän oli ärtynyt siitä, että olin yhä siellä, koska hän oli lopettanut kanssani puhumisen. Kun jotkut ihmiset ovat lopettaneet puhumisen kanssasi, he ovat lopettaneet. Siihen ei ole paljon tehtävissä. Seisoin siinä noin minuutin ja olin juuri lähdössä, kun lentolehtinen liukui takaisin ulos. Vasemmassa kulmassa oli puhelinnumero käsittämättömän huonolla käsialalla.

"Kiitos", sanoin. Sitten odotin hänen sanovan hyvästit, mutta hän ei vastannut. Joten sanoin: "Olemme yhteydessä sinuun huomenna iltapäivällä."

"Lopeta puhuminen monikossa; sinä olet ainoa", hän ärähti. "Ja lähde ulos talostani."

Aloitin Delaneyn osuudella, koska siitä se alkoi ja koska se ei todella alkanut minusta. Se saattoi alkaa kaikista niistä asioista, joita kuvasin aiemmin; esimerkiksi ne ei-mitkään ja ei-varmuudet, ja se alkaminen muuttumaan ei-alkamiseksi ja takaisin alkamiseksi, ja se on ja ei, ja teemmekö koska teemme vai koska meidän on tehtävä tai halu tehdä, tai koska meidän on oltava tekemättä tai emme halua tehdä. Kaiken kaikkiaan se on varmaan niin, miten kaikki alkaa. Ainakin luultavasti.

Mutta ajatukseni voisivat olla järjestäytyneempiä. Toivon, ettei se olisi niin, mutta niin se vain menee. Joten vaikka voisin puhua ei-mitään ja ei-saamista ja on ja ei, ja kyllä tai ei haluamista tai ei tarvitsemista olla tai olla tekemättä, en aio puhua niistä asioista. Joten sen sijaan kerron sinulle, mitä tapahtui, jotta voit paremmin ymmärtää, miten ymmärsin ja en ymmärtänyt sitä. Voit olla jo ymmärtänyt kaiken, mutta jos olet, sinun täytyy ehkä silti.

Joten vaikka kaikki alkoi noista asioista, se ei ole siitä, mistä se todella alkoi; olen ajatellut tätä hyvin pitkään, ja tajusin, että se ei alkanut niistä asioista, se ei alkanut minusta eikä se myöskään alkanut Delaneystä.

Se alkoi mäestä. Ja sitten minun piti saattaa se loppuun.

Luku 2

Onnistuin värväämään vain yhden henkilön Delaneyn lisäksi, joten lähdin kotiin noin kello kuusi. Tiesin äitini olevan kotona töistä, koska hän alkoi puhua minulle, kun avasin oven.

"Farley, missä olet ollut?" hän huudahti. Tiesin, että meillä oli vieraita, koska hän puhui minulle tuolla oudolla äänellä. En osaa selittää sitä tarkalleen. Hänen äänensä muuttui aina sen mukaan, oliko meillä vieraita vai ei. Kävelin keittiöön ja huomasin, että koko hänen kirjakerhonsa oli vallannut sohvamme.

Käänsin nopeasti ympäri ja teeskentelin, että olin astunut väärään huoneeseen. Nuo ihmiset voivat kietoa sinut keskusteluun tuntikausiksi, ellei ole varovainen. Se on todella aika uskomatonta. Yritän yhä selvittää, miten he sen tekevät.

"Farley, tule takaisin tänne", äitini huusi. Hän käytti samaa ääntä. "Nuori mies, sinun on kommunikoitava paremmin", hän sanoi vakavana. "Et voi kuljeskella naapurustossa, koska en koskaan tiedä, missä olet." Hän sanoi tämän diplomaattisesti, ikään kuin hän olisi maailman järkevin ihminen. Kummallinen asia oli, että hän ei näyttänyt välittävän kommunikoinnista kanssani, ellei paikalla ollut muita ihmisiä. Joten ihmettelin aina, halusiko hän minun jakavan kanssaan vai halusiko hän vain minun teeskentelevän kommunikoivani hänen kanssaan, kun hänen kirjakerhonsa oli paikalla. Olin yrittänyt kysyä häneltä tuota ennenkin, mutta hän oli vain loukkaantunut. Toivoisin, että hän sanoisi sen jossain vaiheessa suoraan, koska tällaiset asiat voivat olla hämmentäviä.

Joten nyökkäsin vain myöntävästi. Yritin lähteä uudelleen, mutta sitten se vangitseminen alkoi.

"Oletko saanut jo ajokortin, Farley?" kysyi rouva Sanchez. Rouva Sanchezilla oli hyvin hentoja hiuksia ja useita lapsenlapsia. Hän ei kuitenkaan koskaan puhunut heistä, koska se sai hänet tuntemaan olonsa vanhaksi.

"Farley ei ole vielä tarpeeksi vanha", vastasi äitini. "Hän ei ole vielä kuusitoista."

"Milloin on syntymäpäiväsi, Farley?" kysyi rouva Wallden. Rouva Walldenilla oli kahdeksan kissaa ja hän oli eronnut miehestään. He todennäköisesti erosivat kissojen takia.

"Hänen syntymäpäivänsä on elokuun ensimmäinen", kertoi äitini rouva Walldenille. Hän lisäsi aina ylimääräisen "the"-sanan tuonne jostain syystä.

"Oletko innoissasi?" kysyi minulta rouva Turner. Koska muut kaksi naista olivat kysyneet minulta jotain, niin rouva Turnerin oli varmaankin kysyttävä jotain.

"Hän ei ole valmistautunut kokeeseen", vastasi äitini. "Farley luulee tietävänsä jo kaiken." Hän sanoi sen leikillään, mutta tiesin, ettei hän ollut leikillään.

Käännyin lähteäkseni.

"Farley! Älä lähde kesken keskustelun", nuhteli hän minua. "Se on epäkohteliasta."

En ollut oikeastaan sanonut mitään, mutta jäin kuitenkin. Joskus et voi välttää tällaisia asioita.

Kaikki me söimme illallisen yhdessä keittiössä. Ruokaa ei sallittu missään muualla talossa; äitini oli tiukka sen suhteen. Hän ajatteli, että jos muru putosi jonnekin muualle kuin keittiöön, muurahaiset, hiiret, pesukarhut ja kaikki lähettäisivät toisilleen telekineettisiä viestejä ja kuluttaisivat talon kokonaan seuraavaan päivään mennessä.

Naurahdin hieman, kun ajattelin sitä, keskellä rouva Walldenin lausetta. Tämä sai minut saamaan hieman loukkaantuneita katseita kaikilta neljältä kirjakerholaiselta.

"Onko sinulla jotain sanottavaa, Farley?" äitini kysyi tiukasti.

Pudistin päätäni.

"Oliko jokin se, mitä rouva Wallden sanoi, hauskaa, Farley?" Äitini oli melko vihainen minulle, joten oletin, ettei rouva Wallden ollut tehnyt varsinaista vitsiä.

"Ei", sanoin, "Anteeksi, mutta mieleeni tuli jotain hauskaa. Jotain muuta. Se oli kaikki. Se ei ollut se, mitä hän sanoi. Anteeksi", sanoin uudelleen, suoraan rouva Walldenille.

"Se on kyllä ihan ok, rakas", hän sanoi paheksuvalla äänellä, joka kertoi minulle, ettei minulle oltu annettu anteeksi. Aikuiset aina sanovat asioita ikään kuin ne olisivat sitä, mitä ne eivät ole. Se sai minut melkein hulluksi, ja mikä pahempaa, en edelleenkään tiennyt, mistä he olivat puhuneet.

"Voinko siivota lautasen, rouva Wallden?" kysyin yrittäen sovittaa tilannetta.

"Voi, se olisi ihanaa, rakas. Kiitos." Rouva Wallden oli sellainen henkilö, joka kutsui aina muita "rakkaaksi," oli kyseessä sitten kuka tahansa. Hän ajatteli, että se kuulosti hänen äitimäiseltä tai joltakin sellaiselta. En tiedä.

Keräsin kaikki heidän lautasensa ja menin sitten huoneeseeni. He eivät yrittäneet estää minua, koska ajattelin, että he olivat yhä vihaisia minulle. Yksi asia, jonka olen huomannut, on, että vanhat naiset ovat kaikki hulluja. Jos me kaikki olemme hulluja, niin vanhat naiset ovat hulluimpia. Se ei ole heidän syytään. He eivät voi edes auttaa sitä. Se on vain sitä, miten he ovat.

Luku 3

Soitin Delaneylle koulun päätyttyä. Puhelin soi useita kertoja ja meni sitten vastaajaan. En jättänyt viestiä. En koskaan jätä vastaajaviestejä, koska ihmiset eivät koskaan soita takaisin.

Odottelin kymmenen minuuttia ja soitin hänelle uudelleen. Hän ei vastannut, joten aloin kävellä kotiin. Asun vain noin puolen mailin päässä. Kun pääsin kotiin, näin äitini sisällä, joten istuin parvekkeella ja soitin Delaneylle kolmesti. Lopulta hän vastasi.

"Farley, et voi vain soittaa minulle heti koulun päätyttyä", hän ärähti, eikä vaivautunut edes tervehtimään.

Tarvitsin hieman selvennystä. "Miksi ei?"

"Koska. Se antaa sinusta vaikutelman, että olet epätoivoinen saadaksesi minut mukaan", hän selitti. Hän kuulosti pettäneeltä tai jostain sellaisesta. "Sinun täytyy tehdä niin, että näyttää siltä kuin tarvitsisin seuraa enemmän kuin se tarvitsee minua."

"Se ei ole seura", sanoin, "Se on yhdistys. Eikä se oikeastaan tarvitse ketään."

Toisesta päästä kuului pitkä huokaus. "Oletko yhä koulussa?" hän kysyi lopulta.

"Kyllä", sanoin. En tiedä miksi sanoin niin. Joskus et voi estää tällaisia asioita.

"Hyvä on. Noudan sinut kymmenessä minuutissa. Selvä?"

"Selvä", sanoin. Hän sulki puhelimen ja kävelin takaisin kouluun, tietämättä mitä odottaa. Saapuessani Delaney oli jo odottamassa suuressa autossaan koulun edessä. Hän luki kirjaa, jalat ohjauspyörällä, yrittäen näyttää rauhalliselta ja rentoutuneelta. Koputin hänen ikkunaansa.

Hän ei säikähtänyt, joten hänen täytyi tietää jo ennen kuin olin siellä. Hän heitti kirjan takapenkille - hyvin rennosti, ja kaikki - ja avasi sitten auton oven.

"Osaatko ajaa?" kysyin. Olin vaikuttunut siitä.

Hän ei vastannut. "Kiirehdi", hän sanoi kärsimättömästi. "Olen odottanut täällä viisi minuuttia. Missä olit?"

En halunnut selittää sitä kovin paljon, koska ajattelin hänen luulevan minua idiootiksi. "En tiedä", sanoin. "Tyylikäs auto." Istuimet olivat kaikki mustia ja nahkaa ja kaikkea sellaista.

"Tämä on syy siihen, ettet voi rekrytoida jäseniä", hän selitti kriittisesti.

Katsoin ylös. "Häh?"

"Koska sanot sellaisia asioita kuin 'tyylikäs auto'."

"Aha." Pysähdyin hetkeksi. "Tykkään sanoa 'tyylikäs'." Minulla ei ollut mitään syytä siihen. Se vain oli niin.

"En välitä siitä. Voit käyttää mitä vanhentuneita ilmaisuja tahansa." Hän käynnisti auton. "Sinun täytyy toimia niin kuin et olisi kovin kiinnostunut autosta tai ajamisestani. Sinun täytyy toimia enemmän etäisesti." Hän ajoi pois parkkipaikalta. Hän oli holtiton kuljettaja, koska hän melkein ajoi päälle muutamalle fuksille. "Sinun täytyy toimia välinpitämättömästi. Ihmiset pitävät sinusta enemmän, kun olet välinpitämätön. He eivät tiedä sitä; se on hyvin alitajuista, mutta niin se on."

"Aha", sanoin. Olin iloinen, että Delaney auttoi minua saamisen tai saamatta jättämisen asiassa; hänellä oli paljon neuvoja. Olin kiinnostunut autosta, joten kysyin, "Milloin sait ajokortin?"

Delaney huokaisi selvästi pettyneenä, etten näyttänyt oppivan mitään. "Kauan sitten", hän sanoi. "Tarkoitan, olen seitsemäntoista."

"Oletko?" Yritin olla vaikuttumatta; todellakin olin, mutta en ollut koskaan ollut autossa tytön kanssa, saati sitten vanhemman tytön. Se oli juuri juolahtanut mieleeni.

Hän pyyhkäisi kätensä nopeasti hiustensa läpi, ikään kuin se olisi ollut tiellä tai jotain. Se oli outoa. "Käytännössä", hän sanoi.

"Miten niin, käytännössä?" kysyin.

"Olen melkein seitsemäntoista. Siinä kaikki."

"Melkein? Kuten, milloin?"

Delaney kurtisti kulmiaan. Hän ei selvästikään pitänyt siitä, miten tämä keskustelu eteni. "No, tammikuussa."

"Tammikuussa!" Nauroin. "On toukokuu, hyvänen aika. Et ole seitsemäntoista. Olet vain pari kuukautta vanhempi kuin minä."

"Oh, hiljennä", hän sanoi ärsyyntyneellä äänellä. Ihmiset eivät pidä siitä, kun heitä saa kiinni valheesta tuollaisesta asiasta. He suuttuvat sinulle, vaikka se ei ollut sinun syytäsi, että he eivät olleet kertoneet totuutta. "Ei sillä ole väliä joka tapauksessa. Minulla on auto ja ajokortti - mitä sinulla on? Typerä kerho, johon kukaan ei halua liittyä." Aloin ajatella, että hän oli ottanut minut kyytiin vain loukatakseen minua.

"On kyllä aika hieno auto", sanoin, kuljettaen kättäni nahkapinnan yli.

Hän huokaisi. "Se on isäni auto", hän myönsi lopulta. "Ei se oikeastaan ole minun. Minulla ei ole autoa."

"Hän ei käytä sitä?" kysyin.

Hän vain kohautti olkiaan. "Ei, hänen yrityksensä tekee tällä hetkellä kiertuetta Ranskassa. He myyvät tietokonetuotteita. Huippuluokan teknologiaa ja kaikkea sellaista. He ovat trendikkäitä Euroopassa."

"Aha", sanoin, mutta en ollut kiinnostunut. "Minne olemme menossa?" Mutta tietysti emme olleet matkalla hänen kotiinsa eikä minun.

"Klubinne uuteen kokouspaikkaan", hän vastasi.

En ollut koskaan tullut ajatelleeksi, että klubilla pitäisi olla kokouspaikka, mutta se oli järkeenkäypää. Minulla on joskus ongelma, jossa oletan, että koska jokin on minulle, se on myös muille, joten unohdan yleensä tehdä asiat niin kuin niiden pitäisi olla, mikä on aika suuri ongelma. "Joten sinulla on jo paikka mielessä?" kysyin.

Hän huokaisi. "Kyllä. Voimme käyttää sitä rekrytoidaksemme lisää jäseniä. Se tekee siitä virallisemman. Oletko tehnyt mitään klubin markkinointinäkökohtien suhteen?" Hän kuulosti erittäin ärtyneeltä.

"Tein lentolehtisiä", sanoin.

"Kyllä, näin ne. Onko muuta?"

Kohautin olkiani. "Tein listan", sanoin, "Ihmisistä, jotka saattaisivat haluta liittyä. Mutta olit ainoa, joka sanoi kyllä."

Hän huokaisi. "Kuinka monta nimeä listalla oli?"

"Kaksikymmentäkuusi", sanoin. Otin listan taskustani ja annoin sen hänelle. Hän alkoi lukea sitä ajaessaan, mikä sai meidät heilumaan hurjasti toiselle kaistalle ja melkein osumaan kirottuun postilaatikkoon. Hän antoi listan takaisin minulle ja ohjasi sitten takaisin omalle kaistalleen.

"Kuinka teit tämän listan?" hän kysyi kuin koko juttu ei olisi ollut iso juttu.

Sydämeni sykki yhä nopeasti, joten kesti hetken vastata. "Kirjoitin ylös kaikki, joiden kuvaa ei ollut vuosikirjassa", sanoin lopulta.

Oli pitkä hiljaisuus. Delaney näytti mietteliäältä. "Aha", hän sanoi.

"Ajattelin, että jos heitä ei ollut siellä urheilun, musiikin, draaman, matematiikan tai tanssimisen takia tai mistään muustakaan, heillä olisi paljon vapaa-aikaa liittyä klubiini."

Delaney kääntyi minua kohti. "No, älä kerro sitä minulle", hän sanoi.

Kurtistin kulmiani. "Häh?"

"Voit tehdä listasi miten haluat. Mutta ihmiset eivät halua liittyä klubiisi, jos he tietävät, että heitä värvätään vain siksi, ettei heitä ollut vuosikirjassa." Delaney teki sen jutun hiustensa kanssa taas, saadakseen sen pois kasvoiltaan; ikään kuin hän olisi ollut vihainen sille. Varmaankin minäkin ärtyisin paljon, jos olisin hän. Hänen hiuksensa näyttivät aina olevan tiellä. Ehkä siksi hän oli niin huono kuljettaja.

"He eivät halua liittyä kuitenkaan", sanoin huokaisten. "Olen jo kysynyt heiltä." No, olin kysynyt pääasiassa heidän vanhemmiltaan. Oli ollut vaikeampaa kuin olin odottanut päästä heidän luokseen. Asiat ovat aina monimutkaisempia kuin odottaa.

"Se oli suurin virheesi", Delaney sanoi, pysähtyen tien sivuun ja laittaen auton pysäköintiin ennen kuin se oli pysähtynyt. Vaihteet pitivät tällaista ääntä kuin ne olisivat olleet todella suuttuneita siitä. Delaney ei välittänyt siitä. "Et voi kysyä ihmisiltä, haluavatko he liittyä. Sinun on tehtävä niin, että he kysyvät sinulta."

"Aha", sanoin. Tämä kaikki oli muuttumassa paljon monimutkaisemmaksi kuin olin odottanut. "Joten, miksi liityit, kun tein käytännössä kaiken väärin?" Odotin hänen sanovan jotain loukkaavaa kampanjoinnin huonoista strategioistani, ajokortin puutteestani tai yleisestä etäisyyden puutteestani ja sanovan, että hän oli päättänyt auttaa minua vain siksi, koska olin surkea ja hyödytön epäpätevä. Sen sijaan hän sanoi: "Koska kävelit mäkeäni ylös."

Luku 4

Kun olimme pysäköineet auton, kävelimme hetken metsässä. Kysyin Delaneylta, oliko hänen mielestään turvallista jättää auto vain tien sivuun pysäköitynä. Hän sanoi, ettei sillä oikeastaan ollut väliä.

Kun olimme kävelleet seitsemän tai kahdeksan minuuttia, olin vakuuttunut siitä, että olimme eksyksissä. Tämä johtui siitä, että Delaney ei seurannut mitään polkua tai vastaavaa; hän vain käveli suoraan eteenpäin ja minä kompuroin hänen perässään. Kun en enää nähnyt tietä, aloin paniikkia hieman.

"Oletko varma, että tiedät missä olemme?" kysyin häneltä. "Ei haittaa, jos et tiedä, oikeasti. En ajattele sinusta sen vähemmän. Voit silti olla seurassa ja sinulla on yhä hieno auto ja kaikki, mutta jos jatkamme kävelyä, eksymme vain enemmän ja enemmän, ja sitten—"

"Hiljaa, Farley, tiedän, minne olen menossa", Delaney sanoi itsepäisesti.

Aloin miettiä, miksi olin suostunut kävelemään sen jumalauta metsässä hänen kanssaan alun perinkään. Hän oli selvästi häiriintynyt. Aloitin tajuamaan, että hän voisi olla teini-ikäinen naissarjamurhaaja, mitä minä tiesin, ja että jos hän olisi, hän voisi helposti selvitä murhastani; aivan keskellä metsää. Ajatukseni alkoivat pyöriä villisti; saatan olla joskus hyvin paranoidinen. Olin alkanut leikkiä ajatuksella pistää häntä kynälläni ja juosta karkuun, kun hän pysähtyi yhtäkkiä. Olisin melkein törmännyt häneen.

"Tuossa", hän sanoi. "Katso."

"Missä? En näe mitään." En kuitenkaan tarkastellut kovin tarkasti, koska pidin silmällä, jos hän yrittäisi vetää esiin asetta tai lihaleikkuria tai jotain. Olin todella saanut itseni kierteisiin. Käteni tärisivät ja kaikki.

"Sinulla on kauhea näkö", hän sanoi. "No hyvä. Tule mukaani." Jatkoin hänen perässään kulkemista, ajatellen että jos hän aikoisi tappaa minut, minulla ei ehkä olisi paljon tehtävissä nyt. Minulla oli kuitenkin vain kynä. lopulta kuitenkin näin sen; se oli pieni aukea, jossa oli saniaisia kaikkialla ja nämä kaksi jättiläiskiveä reunalla. Meitä kohti olevat puolet olivat litteän näköisiä, ikään kuin joku olisi leikannut ne puoliksi. Aukio olisi varmaan ollut aurinkoinen, elleivät kivet olisi estäneet sitä; mutta ne tekivät sen vielä synkemmäksi kuin muu metsä.

Tähän mennessä olin päättänyt, että Delaney tiesi todennäköisesti, minne oli menossa. Päästin epäilykseni siitä, että hän yritti tappaa minut, ja astuin ulos metsästä aukiolle.

"En tiedä tästä", sanoin. "Tarkoitan, tämä on hieno paikka, mutta täällä on vähän liian hiljaista ollakseen todella vastarintainen. Se on niin... kivaa ja kaikkea."

Delaney hymyili; se ilkeä, melkein sarkastinen hymy, joka hänellä oli; ja astui myös aukiolle. "Ei, et ymmärrä", hän sanoi. "Tämä on hyvin vastarintainen. Sinun täytyy olla kaukana ollaksesi vastarintainen. Muuten sinua edelleen korruptoidaan yhteiskunnalla. Ilma on saastunut ihmisten mielipiteillä ja kaikella."

Mietin hetken ja päätin, että hän tarkoitti todella että "on" ei ollut "ei". Jos olet yksin, silloin "on" on aina "on". Mitä enemmän ihmisiä on, sitä enemmän riskiä on, että "on" muuttuu "ei"; tai vielä pahempaa, "ei" muuttuu "on". Aina on väärinkäsityksiä ja silloin "on" on "ei". Mitä vähemmän ihmisiä on, sitä turvallisempi olet, mutta et ole koskaan täysin turvassa.

Tajusin myös jotain muuta. Et ole koskaan täysin turvassa, koska et voi olla varma turvallisuudesta, koska varmuus ei ole koskaan varmaa, mutta ei ole väliä, koska varmuus ja epävarmuus ovat rappeutumassa.

Esimerkiksi, jos varmuus on se, että Delaney ei tapa minua, ja Delaney todellakin tappaa minut, ei ole väliä, koska hän ja minä olemme antaneet ajatusten istua päässämme ja ne rappeuttavat kaiken varmuuden ja epävarmuuden ennemmin tai myöhemmin, joka tapauksessa.

Ei ole merkitystä, jos olen kuollut, koska jos olen kuollut, en ole, ja jos en ole, silloin he eivät ole minulle, ja jos he eivät ole minulle, silloin hän ei ole minulle, ja jos hän ei ole minulle, niin hän ei tappanut minua, ja jos hän ei tappanut minua, en ole kuollut.

Jos olen kuollut, Delaney ei tappanut minua, koska hänen tarvitsi tai halusi, hän tappoi minut, koska hän tappoi minut. Jos hän tappoi minut, en ole. Jos hän tappoi minut, hän ei ole. Jos hän ja minä ja varmuus eivät ole, silloin siivooja ei saa tippiä, kun heität rahan menemään, eikä sillä ole väliä, koska varmuus ja epävarmuus ovat rappeutumassa, koska me emme ole.

"Farley!"

Tunsin paniikin iskun, kun tajusin, että Delaney ravisteli minua. Oletin luonnollisesti, että hän yritti tappaa minut, joten paniikissa työnsin hänet pois. Hän menetti tasapainonsa ja kaatui taaksepäin, ojentaen kätensä taaksepäin estääkseen päänsä iskeytymisen maahan.

Katselin häntä vain hetken. Tajusin, että olin unohtunut omiin ajatuksiini, ja hän yritti vain herättää huomioni. Tunsin heti olevani hyvin pahoillani.

"Mikä helvetti sinua vaivaa?" Delaney tuijotti minua tuolla ilmeellä kasvoillaan. En voinut sanoa, mikä se oli. En voinut sanoa, oliko hän vihainen, ärsyyntynyt vai huvittunut. Se tuntui olevan kaikkia niitä, ja hänen kätensä vuosivat verta.

"Räpäytin silmiäni. "Anteeksi", sanoin. Olin pahoillani.

"Huusin sinulle", hän sanoi.

"Pohdin jotakin", kerroin hänelle. "Joskus näin käy." Se tapahtui toisinaan.

Hän tuijotti minua noin minuutin verran. Hän ei noussut ylös. Sitten hänen kasvoilleen ilmestyi outo hymy. Ja hän alkoi nauraa kuin hullu.

"Olet outo", Delaney sanoi. Hän nauroi yhä. Nauru oli hyvin ilkeää, mutta jostain syystä se oli mukavampaa kuin useimmat ystävällisyydet.

"Olet ilkeä", sanoin hänelle. Sanoin sen, koska hän oli ilkeä.

"Olet ihan sekaisin", hän sanoi. Lopulta hän lopetti nauramisen, nousi sitten ylös ja tuijotti käsiään. "Inhoan sinua. Mene helvettiin. Saatanan idiootti, Farley."

"Tiedän sen", sanoin. "Olen."

Meidän piti vain alkaa antaa tippiä siivoojille. Jos siivoojat saivat tippiä, kun heitimme vahingossa kolikoita roskikseen, aivomme eivät alkaisi rappeutua.

"Pidätkö tästä paikasta?" Delaney kysyi.

Oli kuin minut olisi vedetty takaisin. Olimme olleet jossakin ja nyt emme olleet siellä enää. Olin vienyt meidät sinne, ja Delaney oli tuonut meidät takaisin. Se ei ollut paha asia, mutta se tuntui vain siltä, kuin olisin ollut vähemmän "on" kuin ennen.

Aloin katsoa kiviä. Pidin siitä, miten ne loivat varjon koko aukiolle. Se sai sen tuntumaan suojatulta; kuin piiloutuisi lumiglokin sisälle talvella. Se oli mukavaa."

"No", sanoin. "En tiedä." Pohdin sitä, mitä hän oli sanonut aiemmin; miten minun pitäisi toimia vähemmän kiinnostuneena. "Tarkoitan... täällä ei ole mitään. Missä istuisimme?"

"No, voimme sisustaa sen uudelleen", Delaney sanoi. Hänellä oli selvästi kaikki suunnitelmat valmiina. "Kuulehan. Missä muualla meillä olisi se? Omassa kellarissasi?"

Kohautin olkapäitäni. "No, kellarini on remontissa", sanoin. Äitini remontoi kellarimme noin joka kuudes kuukausi. "Mutta voimme pitää sen kellarissasi."

Delaney loi minuun hyvin uhkaavan katseen, ja aloin taas miettiä, oliko hän sarjamurhaaja. Mielessäni se saattaa usein tapahtua; vakuuttua jostakin, joka ei tunnu järkevältä. Hän työnsi hiuksensa pois kasvoiltaan. "Siihenhän kellarit ovat tarkoitettuja", hän sanoi. "Ne on tarkoitettu kokouksille. Ei tietenkään voida kokoontua paikassa, jossa meitä odotetaan. Et ole kovin vastarintainen, Farley, sinä, joka perusti yhdistyksen, joka vastustaa kaikkea."

"Se ei ole kerho, se on seura", sanoin. Pidin paikasta todella. Näytteleminen vähemmän kiinnostuneena oli vaikeampaa kuin olin ajatellut. "No, ihmiset eivät halua kävellä näin pitkälle", sanoin lopulta, ilmaisten viimeisetkin vastalauseeni. "Se on liian syrjässä."

Delaney työnsi taas hiuksensa taaksepäin. Hän teki sen aika usein. "No, ollakseni rehellinen, syy siihen, miksi matka on niin pitkä, on se, että kävelimme puolimatkan kaupungin halki. Tämä on vain noin viiden minuutin päässä kotoani."

"Mikä?" Olin nyt erittäin ärsyyntynyt, mikä ei tapahtunut kovin usein. "Joten kävelimme kaiken sen matkaa ihan turhaan?"

Delaney huokaisi. "En voinut mennä kotiin, Farley. Äitini luulee minun olevan tennistreenissä."

Olin hämmentynyt. "Pelatko sinä tennistä?"

"En."

Purskahdin huokaukseen. "No hitto, Delaney, olisit ainakin voinut kertoa. Luulin, että yrität tappaa minut tai jotain."

Hän kääntyi katsomaan minua, kädet ristissä rinnallaan. "Mitä?"

Käännyin katsomaan kiviä. "Ok, sinä voitat. Ihan sama."

Delaney Fowles oli kuvitteellinen tennispelaaja. Hän saattoi myös olla sarjamurhaaja.

Asun linnassa iglussa kivien alla, ja minä olen ihan sekaisin.

Luku 5

Kun Delaney ja minä palasimme autolle, hän ajoi minut takaisin kotiini. Ajattelin, että äitini olisi vihainen minulle; olinhan jälleen unohtanut ottaa yhteyttä häneen; mutta sen sijaan hän vaikutti erittäin innostuneelta.

"Kuka se oli, Farley?" hän kysyi. "Oliko se tyttö?"

"Kyllä", sanoin. Hänellä oli taas se perkeleen kirjakerho. "Oletko saanut kirjasi valmiiksi?" kysyin.

Kukaan ei vastannut minulle. "Farley, onko sinulla tyttöystävää?" kysyi rouva Sanchez hyvin vakavasti. Tällaiset asiat olivat erittäin tärkeitä rouva Sanchezille.

"Ei", vastasin.

"En tiedä, Farley", sanoi rouva Wallden, kohottaen kulmiaan. "Se tyttö oli hyvin kaunis."

"Hyvä on", sanoin. En uskonut, että rouva Walldenilla oli ollut todellista mahdollisuutta nähdä, oliko hän kaunis vai ei; Delaney oli ollut pihaamme pysäköitynä vain noin kaksi sekuntia ennen kuin hän oli peruuttanut liian nopeasti ja melkein tappanut naapurin kissan.

"Farley, kerro meille totuus", sanoi rouva Turner. Hän tunsi tarvetta sanoa jotain, koska muut kaksi naista olivat sen jo tehneet.

Joten sanoin: "Minulla ei ole tyttöystävää."

Kolme kirjakerhon naista nauroivat, kun äitini vain katseli heitä oudolla ilmeellä kasvoillaan. Olin nähnyt sen ilmeen aiemminkin. Se tarkoitti, että hän ei oikeastaan välittänyt siitä, oliko minulla tyttöystävää vai ei, mutta hän välitti siitä, mitä kirjakerho ajatteli minun olevan tyttöystävän suhteen.

Äitini ei välittänyt siitä, onko vai ei. Hän ei välittänyt siitä, näkikö hän linnan, kunhan kaikki muut luulivat hänen näkevän sen. Jos hänen aivonsa rappeutuivat, se ei merkitsisi mitään, koska se ei ollut "on"; eikä hän ollut "on" eikä voisi koskaan olla "on", ja pahinta oli, ettei hän halunnut olla.

"En tiedä, uskonko häntä", sanoi rouva Sanchez, ja muut kaksi puhkesivat nauruun.

Olin hieman hämmentynyt. En tiennyt, miksi valehtelisin, ettei minulla ollut tyttöystävää. Koko keskustelu oli muuttunut hyvin epämukavaksi ja hieman masentavaksi, ja tunsin ansan, joka oli väistämättä tulossa. "Minun täytyy mennä huoneeseeni", sanoin yrittäen tehdä nopean poistumisen. "Minulla on läksyjä." Kuulin heidän puhkeavan nauruun uudelleen.

"Ensin tyttöystävä, sitten läksyt... seuraavaksi hänestä tulee luokan presidentti!" Kuulin äitini nauravan yhdessä heidän kanssaan. Suljin oven ja kävin sängylle vatsalleni. Vanhat naiset ovat hulluja, vannon Jumalan nimeen.

En todellisuudessa tehnyt läksyjäni. Se on jotain, mihin sinun on opittava ryhtymään tottumuksen vuoksi, enkä todellakaan ollut sellainen tottumus. Ehkä toivoin olevani, mutta en ollut. Joskus asioille ei yksinkertaisesti voi mitään.

Meillä oli tämä pianonäppäimistö, joka liitettiin seinään. En ollut kovin taitava pianonsoitossa, mutta ajattelin voivani olla parempi, jos meillä olisi ollut oikea piano. Meillä oli pianon, kun olin hyvin nuori; ei kovin hyvä, mutta silti piano; mutta äitini luopui siitä, koska päällinen oli veden tahrima. Sen jälkeen heitin raivokohtauksen enkä puhunut hänelle kolmeen päivään. Soitin aina Beethovenin yhdeksännen sinfonian teemaa sillä. Nyt kun ajattelen sitä, se saattoi olla toinen syy, miksi hän luopui siitä.

Joka tapauksessa, hän oli vihainen minulle sen raivokohtauksen takia; mutta luulen, että hän tunsi myös jonkinlaista syyllisyyttä, koska hän lupasi hankkia minulle toisen sellaisen kahdeksannen syntymäpäiväni kunniaksi. Luulen, että hän unohti sen; hän osti minulle kaksi mallilentokonetta ja kolme erilaista kilpa-autoa ja lelu-mikroskoopin ja uudet hiihtokengät ja kaksi elokuvaa ja uuden pyörän ja viiden kerroksen suklaakakun, mutta ei pianoa. Et oikeastaan voi valittaa pianon puutteesta sen jälkeen, kun sait kaiken sen tavaran; ainakaan minä en voinut, varsinkaan kun kaikki hänen ystävänsä olivat paikalla ja kertoivat minulle, kuinka onnekas olin ja kaikkea sellaista. Et oikeastaan voi valittaa mistään sen jälkeen, kun saat kaiken sen tavaran. Kahden mallilentokoneen ja kolmen erilaisen kilpa-auton ja lelu-mikroskoopin ja uudet hiihtokengät ja kaksi elokuvaa ja uuden pyörän ja viiden kerroksen suklaakakun saaminen tarkoitti, että olit erittäin onnekas. Äitini kertoi aina minulle niistä Etelä-Afrikan, Somalian ja Nigerian lapsista ja muista sellaisista paikoista, jotka söivät raakaa riisiä illalliseksi; joten aina kun ajattelin mitään sellaista, se sai minut tuntemaan itseni kauheaksi ihmiseksi.

Olin alkanut tuntea itseni melko masentuneeksi tähän mennessä, joten aloin soittaa eri molli-sävellajeja näppäimistöllä. Molli-sävellajit ovat hyviä, koska ne kuulostavat surullisilta, ja kaikki tietävät sen. Ei ole syytä, ne vain kuulostavat siltä. Ne vain ovat "on", joten se on mukavaa.

Sitten aloin ajatella kaikkia nigeriläisiä lapsia, jotka kuolivat autiomaassa, koska he eivät voineet valmistaa riisiään. Se teki minut vieläkin kurjemmaksi. Lopetin näppäimistön soittamisen ja tajusin, että olisin ehkä ansainnut sen, jos Delaney olisi ollut sarjamurhaaja kaiken jälkeen. Se olisi ollut silti minun syytäni, ja se olisi silti ollut parempi kuin kuolla raakaan riisiin.

Silloin tajusin sen; tajusin, että olimme kaikki sekaisin, koska minulla ei ollut pianoa, ja koska heillä ei ollut riisiä. Jos minulla olisi ollut linna, olisin laittanut riisiä kaikille ja jättänyt tippejä siivoojille. He eivät olleet "on" riisin puutteen vuoksi. Olin "on", koska olin täysin sekaisin. Jos heillä olisi ollut piano, he olisivat edelleen olleet "ei ole", ja jos minulla olisi ollut riisiä, en olisi syönyt sitä. Eikä meillä koskaan olisi ollut mahdollisuutta tavata toisiamme, koska en edes tiennyt, miten saisin ihmisiä tulemaan linnaani.

Silloin tapahtui kaikkein typerin asia ikinä. Laitoin kasvoni käsiini ja aloin itkeä. Ei kovaa itkua; vain vihaisen turhautunutta itkua, sitä lajia, kun kurkkuun ilmestyy typerä tennispallo ja vesi puskee itsensä ulos. Sellainen juttu tapahtuu minulle joskus. Se on todella anteeksiantamatonta; luulisi minun olevan kuin kaksitoistavuotias tyttö tai jotain.

Vannon Jumalan nimeen, etten itkenyt surusta, vaikka. Itkin raivosta. Olin aika kirotun vihainen niille afrikkalaisille lapsille, jotka eivät saaneet tarvitsemaansa riisiä. Ongelma minussa on, että kun suutun, alan itkeä, joten se on hyvin harhaanjohtavaa. Luulisi minun olevan itkuinen, mutta en todellakaan ole. Olen vain vihainen. Vannon sen.

Joka tapauksessa äitini valitsi tämän hetken astuakseen huoneeseeni.

"Farley, se soitto oli kaunista", hän kehui. "Tulisitko alas ja soittaisit jotain tytöille? Olen yrittänyt kertoa heille, että olet erittäin lahjakas." Hän pysähtyi hetkeksi. "Farley...itketkö sinä?"

Ravistin päätäni. "Painoin sormeni sängyn alle", sanoin puristaen hampaitani yhteen. Yritin kovasti lopettaa itkemisen, mutta se ei vain toiminut. Minulla ei ollut hallintaa kyynelnesteisiini tai mihinkään. Tämä teki minut vain vihaisemmaksi, joten aloin itkeä enemmän. Koko tilanne oli yleisesti ottaen ärsyttävää.

Äitini näytti kauhistuneelta. Hän ei ehkä ollut nähnyt minun itkevän siitä asti, kun olin noin kaksivuotias. En tiedä. "Farley, mikä on vialla?" hän kuiskasi. "Onko tyttöystäväsi jättänyt sinut?"

Tämä sai minut tuntemaan oloni hieman paremmaksi. Aloin nauraa.

"No?" hän kysyi. Hän selvästi halusi tietää.

"Kyllä, äiti", sanoin. Asiat olivat yhtäkkiä hyvin hassuja. "Tyttöystäväni jätti minut." Vihaan valehtelemista; teet "ei" - stä "on" ja teet sen tahallasi; mutta joskus ei vain ole muuta vaihtoehtoa. En edes tiedä, mitä olisi tapahtunut, jos olisin yrittänyt kertoa hänelle tuosta linnajutusta. Hän olisi varmaan laitattanut minut hoitoon tai jotain.

"Olen niin pahoillani", hän sanoi, edelleen seisomassa ovella. Hän seisoi siinä toisenkin sekunnin ajan, sitten sanoi: "Anna sinun olla, Farley." Sitten hän sulki oven.

Äitini haluaisi, että kaikki hänen ystävänsä katsoisivat hänen asuvan linnassa. Jos ostaisin linnan, äitini katsoisi ystäviensä katsovan minun ruokkivan kaikkia lapsia riisillä ja antavan juhlasiivoojille tippiä.

"Hän juuri erosi tyttöystävästään, joten hän ei ole oikein juttelemisen tuulella", kuulin äitini sanovan kirjakerholle.

"Kuinka kauheaa", sanoi rouva Sanchez.

"Voi raukkaa", sanoi rouva Wallden.

"Sen täytyi olla vaikeaa", sanoi rouva Turner, koska muut kaksi olivat puhuneet. Voin kertoa, että he todella halusivat minun kuulevan heidän myötätuntonsa ja kaiken sen, koska he melkein huusivat, niin kovia heidän äänensä olivat.

"Hän on siellä ylhäällä mietiskelemässä, mutta olen varma, että hän unohtaa sen pian", äitini sanoi. "Tiedäthän, millaisia pojat ovat."

Nauroin yhä hieman itsekseni, koska kirjakerho oli niin pirun hauska. Se on sellainen omituinen juttu; kun olet itkenyt, pieninkin asia voi tuntua täysin hulvattomalta. Kun olin lopettanut nauramisen, käännyin vatsalleni ja aloin soittaa pianoa uudelleen. Olin muistanut kivet aukeamalla. Joskus tällaiset asiat tekevät olon paremmaksi, ihan ilman syytä. Et edes voi selittää sitä.

Linnassa ei ollut ovia, joten rikoin kaikki ikkunat. En tiennyt mitä muutakaan tehdä.

Luku 6

Delaney ja minä palasimme aukealle seuraavana päivänä koulun jälkeen. Emme joutuneet vaeltamaan keskelle eimitään päästäksemme sinne, sillä näytti siltä, että tennistä pelattiin siellä vain tiistaisin ja torstaisin. Delaneyn äiti tervehti minua ystävällisesti ulkoa käsin, heiluttaen kättään ja huutaen: "Hei, Harley!" Vaikka olin kaukana, en voinut oikaista häntä nimeni suhteen. Joskus on asioita, joita emme voi hallita. Delaney poimi isänsä vanhan ruohonleikkurin autotallista, ja kävelimme viisi minuuttia metsän läpi päästäksemme aukealle. Hän halusi päästä eroon saniaisista, ja vaikka olin aluksi epäröiväinen, hän toi esiin hyvän argumentin siitä, kuinka epäkäytännöllistä se olisi sateen sattuessa. Suostuttuani hänen logiikkaansa kesti tunti saada ruohonleikkuri käyntiin, koska kumpikaan meistä ei ollut koskaan aiemmin leikannut nurmikkoa. Lopulta Delaney sai sen käyntiin asettamalla avaimen tiettyyn paikkaan. Mutta aloitettuamme, meitä pommitettiin lentävillä kivillä, oksilla ja kävyillä, ja minun piti hypätä syrjään välttääkseni osumasta. Kun olimme lopettaneet leikkaamisen, ruohonleikkuri oli karussa kunnossa. Sen sijaan että palauttaisimme sen, jätimme sen muistomerkiksi aukean laidalle, olettaen ettei rouva Fowles huomaisi sitä, koska heillä oli kaksi muuta parempaa ruohonleikkuria. Lisäksi huomasimme, että aukean pohja oli kiveä, samaa materiaalia kuin kalliot, ja että se oli peitetty ohuella kerroksella multaa, suurin osa siitä oli leikkurin heittämää metsään ja kasvoilleni. Tämä selitti varmaankin, miksi Delaneyn kädet olivat vuotaneet, kun työnsin hänet maahan edellisenä päivänä, mikä teki minulle edelleen pahaa mieltä. Kuitenkin tiesin, että uudelleen pahoittelu saisi vain Delaneyn ärtymään enemmän, ja pelkäsin hänen olevan sarjamurhaaja ruusupensaiden takia. Joten päätin pysyä hiljaa välttääkseni lisäongelmia. Tuntui turvallisimmalta vaihtoehdolta.

Ehdotin Delaneylle, että meidän pitäisi ajaa kotiini ja hakea vanhoja ruokailuhuoneen tuolejamme, mutta hän hylkäsi idean ja sanoi, että meidän pitäisi käyttää puunrunkoja sen sijaan. Kommentoin mahdollisuutta näyttää "kadonneilta pojilta", ja hän suuttui, heitti kävyn minua kohti ja sanoi, että tuolit eivät sopisi haluttuun esteettiseen ilmeeseen. Päädyimme käyttämään viittä puunrunkoa ja litteää kiveä pöytänä, mutta kamppailimme kiven painon kanssa. Delaney yritti vierittää puita liikuttaakseen sitä, mutta päätyi pudottamaan yhden jalkaansa ja loukkaantumaan. Menimme hänen kotiinsa hoitamaan hänen haavaansa, ja hänen äitinsä kysyi leikkisästi, olimmeko liian vanhoja leikkimään metsässä.

Valitettavasti Delaney ei pitänyt hyväntahtoisesta kiusanteosta. "Emme me leikkineet, äiti, se ei kuulu sinulle!" Hänen vastauksensa ei kuulostanut kypsemmältä, vaan vain ärsytti häntä enemmän. Rouva Fowles nauroi ja sanoi: "Selvä, kunhan teillä on hauskaa," ennen kuin lähti. Delaney kiroili uudelleen ja sanoi: "Voi luoja, vihaan häntä!" Kurkistin oviaukosta miettien, puhuimmeko samasta henkilöstä. "Hän on vaikuttanut tarpeeksi mukavalta minulle", sanoin. "Hiljaa, Farley", Delaney sähisi, tehdessään ilmeen. "Tämä on syy, miksi kukaan ei halua liittyä klubiisi." En uskonut, että sillä oli mitään tekemistä asian kanssa, mutta en väitellyt hänen kanssaan. Kun joku kuten Delaney on vihainen, kiroilee ja todennäköisesti on murtuneita varpaita, et voi väitellä heidän kanssaan. Sinun on vain annettava heidän olla. Silloin tajusin, että Delaney oli liian sekaisin tullakseen linnaani, vaikka hänen pitäisi olla siellä hoitamassa ruusupensaita. Se oli absurdia.

Luku 7

Seuraavana päivänä alkoi sataa, joten ehdotin, että pidämme ensimmäisen kokouksemme Delaneyn olohuoneessa. Yllätyksekseni Delaney suostui ehdotukseeni. Luulen, että hänen varpaansa sattuivat vielä paljon.

Hyvä asia sateessa oli, ettei Delaneyn tarvinnut mennä kuviteltuun tennistreeniin. Hänen äitinsä teki meille sitruunalimonadia ja kaikkea. Hän sanoi, että oli mukavaa viimein tavata yksi Delaneyn ystävistä. Hän jatkoi minun kutsumistani "Harleyksi." En oikein saanut itseäni korjaamaan häntä. Välillä, jos joku luulee nimeäsi "Harleyksi" tarpeeksi kauan, ei sille oikein voi mitään.

Se sai minut miettimään yliopistoa. Minulla ei ollut parhaita arvosanoja tai mitään sellaista, mutta äidilläni oli säästössä paljon rahaa, joten odotin meneväni jonnekin yliopistoon. Mietin, mitä tapahtuisi, jos yksi professoreistani alkaisi kutsua minua "Harleyksi"; ihan keskellä oppituntia tai jotain. En voisi korjata häntä, selvästikään, koska en haluaisi keskeyttää tai mitään. Sitten tuo professori puhuisi kaikille muille professoreille minusta, ja he kaikki alkaisivat luulla nimekseni Harley. Sitten valmistumiseni jälkeen professorini kirjoittaisivat minulle työsuositukset, ja pomoni alkaisi kutsua minua Harleyksi, ja kaikki työkaverini luulisivat sen olevan nimeni. Ja sitten istuisin todennäköisesti vieressäni tämä mukava nainen, joka työskenteli sihteerinä tai jotain, ja menisimme naimisiin ja nimeäisimme poikamme Harleyksi, minun mukaani. Sitten todennäköisesti kuolisin alkoholismiin tai tekisin itsemurhan, koska olisin masentunut siitä, ettei kukaan tiennyt nimeäni. Ja sitten hautakiveeni vaimoni ja poikani Harley kirjoittaisivat isoilla mustilla kirjaimilla: TÄSSÄ MAKAA HARLEY UNDERWOOD; RAKASTETTU AVIOMIES JA ISÄ, paitsi että he eivät oikeasti tarkoittaisi sitä, koska olisin ollut kauhea isä alkoholismini ja itsemurhani takia ja kaikkea.

Mutta ei sillä loppujen lopuksi olisi väliä ollutkaan, koska Harley Underwoodia ei oikeasti olisi koskaan ollutkaan; joten hänestä ei olisi voinut tulla rakastettua aviomiestä ja isää; ja niin se ei olisi ollut valhetta loppujen lopuksi.
"Farley!"

Säpsähdin niin, kun Delaney huusi minulle, että melkein tipuin sohvalta. "M-mitä? Mikä on hätänä?" "Olen huutanut sinulle viisi minuuttia. Olit täysin kuuntelematta minua. Taas kerran." Hän näytti harmissaan siitä. "Anteeksi," sanoin ja laitoin käteni päähäni. "Olin ajatuksissani." Välillä, kun uppoudun ajatuksiini, kukaan ei saa minua palaamaan maan pinnalle. "Tuleeko tuota usein tapahtumaan?" hän ärähti. Kohautin olkiani. "No, joka tapauksessa," Delaney puuskahti. "Meidän pitää alkaa rekrytoida.

Kerho ei ole kerho, ellei siinä ole vähintään kolme jäsentä." Hieroen edelleen päätäni kysyin, "Miksi?" "Yksi jäsen on henkilö, kaksi jäsentä on pari ja kolme jäsentä on ryhmä. Jotta kerho voi olla olemassa, siinä täytyy olla ryhmä." Kun aloin miettiä, oliko linna olemassa, jos olin ainoa siellä, sanoin, "Tehdäänkö lisää julisteita?" Delaney tuijotti minua. "Ei," hän sanoi päättäväisesti. "Anna minulle lista."

Luku 8

"Mitä siis tarkoitat?" kysyi Marcia Owens, erittäin ylipainoinen tyttö, joka ei koskaan syönyt mitään ja pureskeli aina purkkaa. "Mihin olette vastustamassa?" "Kaikkea", vastasin. Marcia Owens näytti melko hämmentyneeltä ja kysyi: "No, mitä teette? Onko se virallinen kerho?" "Mitä tarkoitat 'virallinen'?" kysyin. "Tarkoitan, voiko se olla osa yliopiston ansioluetteloa?" Marcia Owens oli niitä ihmisiä, jotka eivät halunneet liittyä mihinkään, ellei se voisi olla osa heidän yliopiston ansioluetteloaan. "Ei tietenkään", sanoin. "Me vastustamme yliopiston ansioluetteloita." Marcia Owens näytti ajattelevan, että vedimme häntä nenästä jollain tavalla, ja hän antoi meille oudon katseen. "No, onko se edes sallittua?" hän kysyi. "Mikä on sallittua?" kysyin. "Onko kaiken vastustaminen edes sallittua?" Marcia Owens puhalsi todella suuren purkkakuplan ja sitten poksautti sen koko kasvoilleen. "Me saamme vastustaa mitä haluamme", vastasin. "Se johtuu siitä, että asumme vapaassa maassa - meillä on sananvapaus." Luulen, että Marcia Owens tunsi itsensä holhoavaksi, koska hän alkoi hieman suuttua. "Ei, ette voi", hän nuuhkaisi. "Se tarkoittaa, että vastustatte myös mustia ihmisiä, muslimeja ja homoja. Se tarkoittaa, että se on vihapuhe-ryhmä. Minun pitäisi ilmoittaa teistä."

"En usko, että ymmärrätte", sanoin, varma siitä, että Marcia Owens oli ymmällään. "Nimi on ironinen." "Mitä?" Hän näytti yhä aika vihaiselta. "Jotta voisimme vastustaa kaikkea, meidän pitäisi olla vastaan itseämme. Siksi meidän pitäisi olla vastaan ihmisiä, jotka vastustavat kaikkea. Se on paradoksi, koska se kumoaa itsensä, ja siksi se on ironista." "No", hän sylkäisi minuun. Näytti siltä, että hän yhä tunsi itsensä holhoavaksi tai vihaiseksi tai joksikin. "Se on aika ironista, kun ilmoitan teistä rehtorille, eikö olekin?" "Ei", sanoin. "En usko, että tiedätte, mitä 'ironinen' tarkoittaa. Ironinen tarkoittaa, että—"

Marcia Owens sylkäisi purukuminsa minuun ja astui pois. Seisoin vain siinä, yhä melko hämmentyneenä. "Miksi meidän piti kysyä häneltä?" vaadin kääntyen Delaneyn puoleen. "Hän ei ollut edes listallani." "Koska sait hänet sylkemään purukumia sinuun", Delaney sanoi. Hän näytti melko huvittuneelta koko tilanteesta. Se vain ärsytti minua enemmän. Olin juuri aikeissa sanoa ilkeän huomautuksen, kun pitkä ja lävistykset huulessaan, korvassa ja neljässä muussa paikassa omaava poika käveli luoksemme. Hän oli yksi niistä lapsista, joilla oli todella musta hiusväri, se tekonenä, ja hänellä oli päällään joukko synkän näköisiä koruja ja sormuksia ja kaikkea sellaista. Tiedättehän, yksi niistä lapsista. Hän näytti siltä, että hänellä olisi voinut olla hyvin ystävälliset kasvot, jos hän ei olisi peittänyt niitä joukolla tyhmiä lävistyksiä. "Mitä teitte saadaksenne hänet niin vihaiseksi?" poika risti kädet. Hän näytti hieman ilahtuneelta, että minuun oli syljetty purukumia. "Onko hiuksesi luonnostaan niin musta vai oletko värjännyt sen tuolla tavalla?"

kysyin. Kysyin, koska olin aidosti utelias. Poika näytti aika vihaiselta minulle.

"Marcia ei jutellut Farleyn kanssa kovin pitkään", Delaney korjasi vastaten pojan alkuperäiseen kysymykseen. "Hänellä on tapana loukata ihmisiä sillä, mitä hän sanoo." Vaikka en välttämättä ollut samaa mieltä hänen lausunnostaan, Delaney puhui uudelleen ennen kuin ehdin puolustautua. "Joten aiotko vastata hänen kysymykseensä vai toimitko kuin lapsi?" hän kysyi kärsimättömästi. Poika katsoi meitä molempia ja antoi puolikkaan hymyn, joka oli minusta hurmaava. "Värjäsin hiukseni mustiksi", hän myönsi, "koska en pitänyt siitä, miltä ne näyttivät, kun ne olivat vaaleat. Ne saivat minut näyttämään tussilta." Nauraen pidätellen huomaamattomasti, huomasin lähellä olevan joukon nuoria, jotka näyttivät samankaltaisilta kuin hän; vaikka he vaikuttivat vihaisilta, oli vaikea sanoa varmaksi. "Mitä sanoit hänelle?" poika kysyi välinpitämättömästi, hieroen kaulaansa. Delaney vastasi: "Hän halusi liittyä kerhoomme, mutta emme päästäneet häntä." Vaikka en hyväksynyt valehtelua, tiesin paremmin kuin sotkea Delaneyn suunnitelmaa. Kuitenkin puutuin asiaan yhdellä korjauksella.

"Ei se ole hemmetin kerho. Se on seura", hän sanoi sen väärin. Olin melko varma, että hän teki sen tahallaan. Poika näytti tyytymättömältä tähän mennessä ja kysyi: "Ai jaa? Mikä kerho?" Korostin: "Se on seura. Sen nimi on 'Kaikkea Vastaan Oleva Seura'." Siihen poika nauroi, ja olin tyytyväinen saamaani reaktioon. Kysyin pojalta, haluaisiko hän liittyä, pidin hänestä hänen naurunsa ja ystävällisen hymynsä vuoksi. "Meillä on vain kaksi jäsentä. Olisi hienoa, jos liittyisit." Delaney sähisi, "Farley, hän ei voi liittyä, ellei ole listalla", antaen minulle uhkaavan katseen. Tiesin tehneeni jotain väärin. Poika mutisi, "Se on hyvä", ja hänen ystävänsä merkitsivät hänelle, että heidän pitäisi lähteä. "Minun täytyy palata takaisin - hetkinen, mikä lista?" hän kysyi. "Se lista, jonka Farley teki", Delaney nuuhkaisi. Oli hetken hiljaista, ja poika

kysyi Delaneylta, "Joten, olenko siinä?"
Katsoessaan yhä ystäviään hän vaikutti
olevan utelias tietääkseen, oliko hän
listalla vai ei. Delaney vastasi
välinpitämättömästi, "Et ehkä ole. Ehkä
olet. Siinä on vain noin kaksikymmentä
nimeä. En tiedä. Farley, onko sinulla edes
listaa?" Minulla oli lista, mutta hän tiesi
sen jo. Aloin penkoa taskujani.
Pojan ystävät olivat alkaneet lähteä.
"Kuunnelkaa, kaverit", hän mutisi,
hieroen hermostuneesti kaulaansa. Hän ei
halunnut jäädä jälkeen ja vaikutti
kiinnostuneelta listasta. Ihmiset ovat aina
kiinnostuneita tyhmistä asioista, kuten
siitä. "Ovatko kaverisi hylkäämässä
sinut?" Delaney kysyi häneltä käyttäen
viatonta, leikkisää sävyä, jossa oli ripaus
sarkasmia. Poika nauroi hermostuneesti ja
pyöritti silmiään. "Minulla ei ole
kaveriporukkaa. Haluan tulla kohdelluksi
yksilönä." Hän oli selvästi hermostunut,
kun hieroi kaulaansa uudelleen. Hänen
ystävänsä vaikuttivat vihaisilta ja he
viittoivat hänelle uudestaan lähtemään,
mutta hän näytti heille keskisormea ja he
lähtivät. "Nuo tyypit eivät oikeasti ole

minun ystäviäni", poika sanoi, yhä hieroen kaulaansa. "Onko sulla sitten se saatanan lista vai ei? Mulla ei ole koko päivää aikaa." Olin tuolloin löytänyt listan ja olin ojentamassa sitä hänelle, mutta hän jatkoi puhumista. "Nuo tyypit ovat paskoja. Ne kaikki on feikkejä. Sulla on se saatanan lista, vai?" "Kyllä, mulla on se", mutisin. "Mutta tarvitsen tietää nimesi, jotta voin löytää sinut." "Jos et tiedä, kuka hitto mä olen, miksi ihmeessä mä olisin sun listallasi?" Hän alkoi ärsyyntyä ja olla yhä hermostuneempi. Olin juuri kertomassa hänelle siitä vuosikirjajutusta, mutta sitten muistin Delaneyn varoituksen. "Kuule", sanoin, "Voit lähteä kavereidesi perään, jos haluat. Meillä ei ole väliä."

"Älä kerro mulle mitä tehdä", hän keskeytti itsensä ja pudisti päätään. "Ne on vaan joukko tyhmiä mulkkuja kuitenkin." Hän hymyili minulle oudoilla hetkillä. "Mikä sun nimi on?" hän kysyi, selvästi taistellen pysyäkseen keskittyneenä. "Ai", hän mutisi. Kohotin kulmiani. "Joten, öö... haittaako jos katson listan itse?" Poika alkoi hieroa kaulaansa ja kasvoi yhä hermostuneemmaksi. "Vaan tarkastaakseni, onko se edes siellä, tiedäthän? Tämä on mun oikea nimeni, vai mitä?" "No, oletan niin", vastasin ärsyyntyneenä turhasta keskustelusta. Ojensin hänelle listan. "Ai", hän sanoi ottaen listan ja pitäen sitä lähellä kasvojaan, ikään kuin hän tarvitsisi silmälaseja tai jotain. Hän antoi sen takaisin minulle ja ilmoitti: "Olen listalla", näyttäen varsin tyytyväiseltä itselleen. "Olisitko niin ystävällinen ja kertoisit meille, kuka olet?" Delaney kysyi, kasvavassa ärtymyksessään, aivan kuten minäkin olin. Poika jatkoi kaulansa hieromista. "Sukunimeni on Cary", hän sanoi nyökäten listaa kohti. Katsoin alas. "Ellery? Ellery Cary?" Poika kohautti olkiaan ja katsoi maahan, näyttäen häpeilevän nimeään. "Kuuntele, Ellery Cary", sanoin, "haluatko liittyä vai et?" Harkitsin hänen poistamistaan listalta ärsyttävän käytöksensä vuoksi. Olin enimmäkseen ärsyyntynyt siitä, kuinka välinpitämätön hän oli omasta nimestään.

Jos hän ei ollut varovainen, hän saattoi päätyä kutsumaan itseään joksikin kuten Emery tai Celery, ja se saattaisi johtaa hänet ottamaan drastisia toimia, kuten itsemurhan väärän nimen kanssa hautakiveen, esimerkiksi.

Ellery Cary kohautti olkiaan ja sanoi: "Luulen, että liityn. Mutta voitteko kutsua mua Sethiksi? Siksi minua kutsutaan." "Emme missään nimessä tule kutsumaan sinua Sethiksi", sanoin vihaisesti. Olin melkein valmis lyömään häntä. "Se on sun nimi, ei väliä pidätkö siitä vai et. Se on sun nimi, idiootti." Olin niin turhautunut, että melkein kävelin pois, mutta minun piti hillitä itseni, koska tarvitsin kyydin kotiin Delaneyn kanssa. Ellery näytti yllättyneeltä ja sanoi: "Hyvä. Voitte kutsua mua Elleryksi, sitten, jos haluatte niin kovasti." Hän antoi meille hymyn, joka korvasi hänen typeryytensä jossain määrin. Delaney varoitti häntä: "Kun liityt, et voi vain perääntyä meistä. Siitä seuraa seurauksia. Tiedät kai. Joten en ole varma, pitäisikö meidän oikeasti päästää sinua mukaan." Olin juuri aikeissa kysyä Delaneylta, mistä seurauksista hän puhui, mutta hän antoi minulle katseen, joten pidätin itseni. "En peräänny", Ellery sanoi vilpittömästi. "Kerhonne kuulostaa hienolta. Tarkoitan seura, totta kai. Kuule, olen etsinyt tapaa päästä eroon noista tyypeistä. Ne on joukko mulkkuja." "Kyse on vain siitä, että se on tytön nimi. Siinä kaikki", Ellery sanoi yrittäen puolustautua. "No, luulen, että kaikki tietävät, ettet ole tyttö", sanoin. "Olisin huolissani ennemminkin koruista ja koruista, jos kerran huolehdit siitä." Ellery luuli, että vitsailin ja antoi minulle hymyn, mutta olin tosissani. Oli ärsyttävää, kun ihmiset eivät ottaneet vakavasti oikeita asioita.

Luku 9

Delaney ja minä ajoimme Elleryn tapaamispaikalle, missä oli isoja kiviä. Ellery piti Delaneyn autoa paljon, mutta hän ei ollut suuri metsien ystävä. Hän selitti, että oli äskettäin muuttanut sinne kaupungista eikä pitänyt siitä, että hänen Conversensa kuraantuisivat. "Laita vaelluskengät ensi kerralla", Delaney ehdotti. Kysyin Ellerylta, miltä kaupungissa asuminen oli, koska olin utelias. "Se on parasta", Ellery vastasi. "Siellä aina tuoksuu hyvältä. Kuin jotain olisi paistumassa, tiedätkö? Asuimme suoraan leipomon vieressä asunnossani. Veljeni asui kanssani, mutta hän on nyt yliopistossa. Hän opiskelee Princetonissa, uskotko sen? Hän on paljon fiksumpi kuin minä. En varmaan pääsisi Princetoniin. Hän pääsi myös Stanfordiin, mutta ei halunnut mennä sinne." Poikkesimme aiheesta, joten kysyin Ellerylta, oliko kaupungissa ruuhkaista. "On vähän ruuhkaa. Siellä on paljon autoja, mutta useimmilla kaupungin asukkailla ei ole autoja. Ne ovat vierailijoita ja työntekijöitä, jotka tuovat kaikki autot ja kaiken mukanaan. Meillä ei ollut edes autoa, kunnes isäni sai suuren ylennyksen ja muutimme tänne. Se on kamalaa. Todella kamala paikka. Veljeni Paul oli onnekas. Hän meni Princetoniin ennen kuin muutimme tähän kamalaan paikkaan." Halusin kysyä Ellerylta, miksi heidän vanhempansa antoivat toiselle lapselleen nimen Paul ja toiselle Ellery, mutta en halunnut saada häntä tuntemaan itsensä epävarmaksi nimestään. Hän vaikutti myös eksyvän aiheesta taas, mutta oletan, että jotkut eksyvät aiheesta riippumatta siitä, mitä teet. He eivät voi estää sitä.

"Mitä me oikein teemme?" Ellery kysyi, kun istuimme kaikki puunrungoilla. Hän katsoi Delaneyta. "Älä kysy minulta", hän vastasi. "Farley perusti tämän." Hän katsoi minua sarkastisesti ikään kuin sanoakseen, etten minäkään tiennyt vastausta. "Emme tee mitään", sanoin. "Olemme vain olemassa." Tajusin, että ongelma ihmisillä, kun he ovat olemassa, on se, että he alkavat rakentaa omaa linnaansa. Ne, jotka eivät ole olemassa, eivät rakenna linnoja ollenkaan. Mutta ne, jotka ovat olemassa, voivat rakentaa vain linnan itselleen, ja se lopulta rapistuu ja romahtaa. "Jos voimme luoda 'olemme'," jatkoin, "voisimme tehdä eron ja auttaa muita. Mutta 'on' ei voi muuttua 'olemme', koska niin meitä ei ole suunniteltu. Me rikomme asioita yrittäessämme pakottaa 'onin' muuttumaan 'olemme', ja jos 'on' muuttuu 'ei ole', emme voi tulla 'olemme'." Delaney selitti Ellerylle, että olin vain ajatusteni vallassa. Ellery kysyi, kuulinko hänet, mutta Delaney ehdotti, että saattaisin olla psykoottinen tai jotain sellaista. Hän kehotti sitten rekrytoimaan lisää jäseniä asiallemme, jopa niitä, joille hän oli näyttänyt keskisormea aiemmin. Ellery näytti loukkaantuneelta hänen ehdotuksestaan, mutta tarjouduin näyttämään hänelle listan.

Ellery tuijotti minua hetken, ja selitin: "Mietiskelin vain." Hän mutisi: "Se oli vähän epäkohteliasta, tiedäthän," ottaessaan listan minulta ja pitäessään sitä todella lähellä kasvojaan. Olin melko varma, että hän tarvitsi silmälasit. Nopean skannauksen jälkeen hän sanoi: "Ei. Kukaan näistä ei ole täällä." Vaikka hän ei viipynyt kauan listan lukemisessa, hän olisi voinut valehdella. Toisaalta ehkä se oli parasta; listalla olleet ihmiset eivät vaikuttaneet ystävällisiltä. "Kuuntele, minun täytyy kysyä", Ellery sanoi. "Miten teit tämän listan, huh? Koska näyttää siltä, että olet vain kirjoittanut joukon luuserien nimiä." Vaikka hän antoi minulle sen hymyn taas, hän näytti silti vähän närkästyneeltä. "Laitoin nimen jokaiselle, joka ei ollut vuosikirjassa", sanoin, "jotta heillä olisi aikaa osallistua kaikkiin kokouksiin." En välittänyt Delaneysta. Olin lopettanut valehtelemisen. Delaney ei kuitenkaan näyttänyt huomaavan sitä; hän tuijotti metsään, ehkä edelleenkin miettien sitä kiveä, jonka emme olleet voineet liikuttaa. Ellery rypisti kulmiaan ja sanoi: "Hmm. Okei. Taitaa se sittenkin järjestyä." Joten Ellery Carystä tuli osa kerhoamme.

Tähän aikaan elämässäni toin yleensä koululounaaksi   maapähkinävoileivän, suolatikkuja ja viinirypälemehua paperipussissa. Olin laittanut enemmän maapähkinävoita leivälleni kuin tavallisesti, koska lääkärini oli sanonut minun tarvitsevan lisää painoa. Ongelma oli siinä, että jos laitat liikaa maapähkinävoita, se saa kielen tarttumaan suulakeen, sen purkaminen kestää ikuisuuden, ja kun yrität niellä sen, tuntuu kuin tukehtuisit tai jotain. Eräänä päivänä olin kirjastossa taistelemassa maapähkinävoileipäni kanssa, kun Delaney ja Ellery tulivat luokseni. Olin utelias siitä, miksi he olivat siellä, ja vähän ärtynyt myös. Se, että kuuluimme samaan kerhoon, ei tarkoittanut, että he voisivat häiritä minua lounasaikana. Siitä lähtien kun olin ymmärtänyt, että mikä oli, ei voinut olla, olin menettänyt uskoni yleiseen yhteiskuntaan. En tietenkään aikonut luovuttaa, se oli kuin mäki ja minun oli päästävä sen yli, mutta en pitänyt siitä, että muut ihmiset tuijottivat minua syödessäni.

Huomasin, että Ellery oli poistanut kaikki lävistyksensä paitsi sen korvastaan, mutta ennen kuin ehdin kysyä häneltä miksi, huomasin olevani kykenemätön puhumaan. Ellery alkoi puhua innokkaasti Delaneyn ideasta, että söisimme kaikki lounasta yhdessä koulun ruokalassa saadaksemme kerhollemme tunnustusta. Tunsin levottomuutta kaiken suhteen, sillä siitä oli tulossa suuri juttu, mutta en voinut ilmaista huolenaiheitani. Delaney perusteli, että se olisi väliaikaista ja että voisimme houkutella uusia jäseniä. Otin puraisun leivästäni, kun Ellery huomautti, ettei ollut koskaan nähnyt minun syövän lounasta ruokalassa aiemmin. Olin viimeistelemässä leivästäni, kun Ellery näki, että pelkäsin ruokalaa, mikä sai Delaneyn repeämään nauruun.

Kohautin jälleen olkiani ja nostin sormeni selittääkseni käytöstäni. Minulta kesti lähes kaksi tuntia syödä heidän tuijottaessaan minua; paine oli liikaa. Lopulta sanoin: "En pidä siitä, että ihmiset katsovat minua syödessäni. Ruokala on liian meluisa, ja siellä on paljon bakteereja. Lisäksi tuon aina lounaan mukanani kotoa, joten minulla ei ole syytä mennä sinne." He kumpikin tuijottivat minua, kun avasin viinirypälemehupurkkini, unohtaen sen aiemmin, kun olin keskittynyt maapähkinävoileipäni syömiseen. Delaney lisäsi: "Se tekee kerhostamme virallisemman näköisen." Hän lopetti nauramisen ja näytti ärsyyntyneeltä, koska en ollutkaan hämilläni, mikä teki siitä hänelle vitsin sijasta vakavan asian. Vastasin: "Mutta kerhomme ei ole virallinen, enkä halua siitä virallista." Delaney puri hampaitaan ja sanoi: "Niin, mutta jos haluat ihmisten liittyvän-" Katkaisin: "En halua yhtään virallisia ihmisiä liittymään." Delaney huokaisi raskaasti ja sanoi: "Juuri siksi et saa jäseniä. Olet niin itsepäinen, Farley. Olet huono kampanjoimaan." "En halua olla hyvä kampanjoimaan", sanoin. "Olen valmis kaikkiin teeskentelyihin ja näyttelemisiin. Se tuo meille vain jäseniä, joita emme edes halua. Niin asiat menevät pieleen, ja se on meidän vastuullamme." Tajusin, että Delaneyn oli lopetettava oman linnaansa myymisen ja keskityttävä ruusupensaiden korjaamiseen. "No, hitto", Delaney huudahti. "Älä nyt turhaan kiihdy."

Kallistin päätäni taaksepäin voidakseni juoda viinirypälemehuni nopeasti. Kun olin niellyt, läimäytin purkkia pöytään. Odotin Delaneyn olevan närkästynyt, mutta hän ei vaikuttanut häiriintyneeltä; sen sijaan hän vaikutti uppoutuneen ajatuksiinsa ja lopulta käveli pois. Ellery ja minä katselimme hänen poistumistaan, ja hän kysyi, tarkoittiko se, että hän oli samaa mieltä kanssani. Nyökkäsin hitaasti, selittäen, että jos hän olisi eri mieltä, hän olisi jatkanut väittelyä. Sitten otin esiin suolatikkuja syödäkseni, mikä sai Elleryn tuntumaan vaivaantuneelta ja levottomalta. Tarjouduin hänelle suolatikkua, mutta hän kieltäytyi ja väitti, että hän oli jo syönyt lounaan. Kun aloin napostella suolatikkuja, hän kysyi, oliko meillä edes lupa syödä siellä, sillä hän ajatteli sen olevan sääntöjen vastaista.

"Sanoin 'ei', mutta tein sopimuksen kirjastonhoitajan kanssa. Minulla oli koko kirjasto itselleni, kunnes eräs fuksipoika päätti kopioida minua. Olin kuitenkin melko varma, että hän pelkäsi minua, koska hän ei ollut poistunut nurkastaan syyskuusta lähtien. Hän oli siellä nyt, ja hänen päänsä huippu näkyi vain juuri ja juuri valtavan kirjan alta. En koskaan tiennyt, oliko hän lukemassa sitä vai piiloutunut sen alle." Ellery kohotti kulmiaan ja kysyi, "Minkälainen sopimus?". Vastasin, "Jos sain syödä täällä, lopettaisin kirjojen varastamisen kirjastosta." Ellery tuijotti minua epäuskossa ja kysyi, varastanko oikeasti kirjoja kirjastosta. Vastasin, "Ei. Muuten rikkoisin sopimuksen." Ellery jatkoi kysymällä, varastinko kirjoja aiemmin, mihin vastasin, "Kyllä." Ellery oli hämmentynyt siitä, miksi en vain lainannut niitä. Vastasin, "Koska sitten minun pitäisi palauttaa ne." Ellery ilmaisi paheksuvansa varastamista, mutta keskeytti keskustelumme kysyäkseen suolatikkua. Sitten hän kysyi, varastinko kirjat antaakseni niille paremman kodin. Korjasin häntä ja sanoin, "Ei. Otin ne, koska halusin lukea niitä." Minusta oli vaikea ymmärtää, miksi tämä oli niin vaikea käsite hänelle. "Ne ovat kirjoja, Ellery, eivät koiranpentuja. Niillä ei voi olla koteja."

"Oh," hän ojensi kätensä poissaolevasti uudelleen. Laitoin kourallisen suolatikkuja siihen. Kello soi, merkkinä lounastauon päättymisestä. "Voi paska, myöhästyn", Ellery seisoi paikoillaan ja hieroi niskaansa. Halusin kysyä, miksi hän ei ollut liikkunut, jos oli jo niin myöhässä. "No, nähdään koulun jälkeen, Farley, kiitos suolatikuista", hän vilkaisi minulle oudosti ja kääntyi sitten ja kiiruhti ulos kirjastosta. Jatkoin suolatikkujen syömistä, tuijottaen yhä hänen peräänsä. Hän oli outo henkilö, täysin hullu, vannon Jumalan kautta. Vilkaisin taaksepäin nurkassa istuvaa poikaa. Mietin, oliko hänellä linna tai oliko hän linnan sisällä. Ajattelin kaikkia niitä ihmisiä, jotka saattoivat olla linnan sisällä, mutta eivät kuitenkaan koskaan olisi minulle linnan sisällä, kuten lapset Afrikassa tai siivoojat. Pohdin rappeutumista, varmuutta ja sitä sykliä,

jossa alkaa uudelleen ja pysähtyy sitten.
Ei saa. Emme voineet olla olemassa.
Linnaan ei ollut ketään muuta kuin minä.

Luku 10

Sen jälkeen emme saaneet uusia jäseniä pitkään aikaan. Delaney ei valittanut siitä niin paljon kuin ajattelin hänen tekevän. Ainoa asia, josta hän vaikutti ärtyvän, oli se, ettemme edelleenkään voineet siirtää kiveä. Kolme meistä yritti, mutta näytti siltä, että Ellery oli heikompi kuin minä ja Delaney. Hän valitti aina siitä, että hänelle tuli lika kengilleen, joten hänestä ei ollut paljon apua. Ellery oli hauska katsella, mutta melko outo tyyppi. Muutaman päivän kuluttua hän otti kaikki lävistykset pois ja lopetti jopa synkät korut. Olin huolissani, koska hän vaihtoi jatkuvasti identiteettiään. Jos vaihdat liian monta kertaa, niin mitä sitten olet? Olin huolissani epävarmuudesta ja rappeutumisesta. Mutta pahinta oli ehkä rappeutuminen ennen rappeutumista, koska se teki kaikesta vähemmän. Suuri ongelma Elleryn kanssa oli se, että hänellä oli aina mennä kotiin tekemään läksyjään, ja hän saattoi päättää ne vasta pimeän tultua. Lopulta Delaney ja minä ilmoitimme hänelle, että jos hän halusi tehdä läksynsä niin kovasti, hänen pitäisi tuoda ne kokouspaikalle, koska hän jätti kaikki kokoukset väliin. Noin viikon kuluttua Elleryn liittymisestä hän oli pitkällään puunrunkojen keskellä vatsallaan ja neljä eri oppikirjaa avoinna edessään. Delaney ja minä keskustelimme istuen puunrungoilla.

"En väittele kanssasi, Delaney", sanoin. "Sanon vain kunnioittavasti mielipiteeni."

"Ketut eivät ole parempia kuin sudet", hän vastasi.

"Miksi eivät?" kysyin.

"Koska ketut syövät kuolleita asioita", hän totesi inhoten.

"Se tarkoittaa vain, että ketut ovat kekseliäämpiä. Kettujen, toisin kuin esimerkiksi..."

"Farley, uskon, että voimme kaikki sopia siitä, että sudet ja ketut ovat molemmat parempia kuin kettusudet", hän keskeytti.

"No, ne eivät ole yhtä hyviä kuin ketut, mutta silti ajattelen, että ne ovat parempia kuin sudet", vastustin.

"Kuinka voit sanoa niin?" Delaney sähisi, ikään kuin olisin pahasti loukannut häntä. "Kettu tartutti raivotautia nuoremmalle veljelleni."

Katsoin häntä epäluuloisesti. "Luulin, että veljesi kuoli karhun hyökättyä hänen kimppuunsa?"

"Ei, se on, miten hän todellisuudessa kuoli", Delaney vastasi vakavasti.

"No, kuoliko hän metsässä?" kysyin. "Koska jos hän teki sen, niin kettu olisi voinut syödä hänet. Se olisi ollut elämän kiertokulku."

Delaney katsoi minua ällistyneenä. "Miksi se olisi hyvä asia?"

"Koska ihmiset sekaantuvat aina elämän kiertokiertoon. Se on ärsyttävää muulle eläinkunnalle. Elämän kiertokulku on paljon luonnollisempi", selitin.

Delaney pyöritti silmiään. "Ei, hän ei kuollut siellä, missä hänet purettiin. Raivotauti ei tapa sinua heti."

Päätin, että halusin olla kettu - se vaikutti paljon vähemmän monimutkaiselta. "No, oletin vain, että raivotauti sai hänet hulluksi ja juoksemaan metsään. Muuten hän ei olisi kuollut ollenkaan, koska raivotauti on hoidettavissa."

"Ei, Farley", Delaney korjasi minua. "Hän kuoli autotallissa. Hän teki itsemurhan."

"Kerroit juuri, että hän kuoli raivotautiin!" huudahdin. "Miksi hän teki itsemurhan?"

"Hän ei tiennyt, että raivotauti on hoidettavissa", Delaney vastasi.

Ellery, joka oli opiskellut, keskeytti meidät paheksuvalla katseellaan. "Tiedättekö te, kuinka loukkaavia olette?"

"Kenelle?" Delaney kysyi.

"Kenelle tahansa, jonka veli on kuollut tai jolla on raivotauti tai joka on tehnyt itsemurhan tai jota on raadeltu karhun toimesta", Ellery sanoi, hieroen kaulaansa. Kaikki istuimme hiljaa hetken aikaa, emmekä halunneet loukata ketään enempää.

Yhtäkkiä Ellery sanoi: "Veljeni oli melkein karhun raatelema", ikään kuin se olisi ollut jälkijättöinen ajatus. "Oikeasti?" kysyin. Vaikka olin edelleen ärsyyntynyt hänelle, tuollainen asia kiehtoi minua. "Voi kyllä", Ellery vastasi erittäin vakavasti. "Hän meni patikoimaan ystäväryhmänsä kanssa yhteen leirintäalueista. He joutuivat joko karhun hyökkäyksen uhreiksi tai näkivät yhden. En muista, mutta siksi en halua mennä Princetoniin. Siellä on liikaa karhuja." "Tiedätkö", huomautin, "Jos menisit

Princetoniin, se ei tarkoittaisi, että sinun pitäisi mennä retkeilemään. Itse asiassa sinulla on todennäköisesti enemmän mahdollisuuksia joutua karhun hyökkäyksen uhriksi juuri nyt kuin-" "Ei sillä ole väliä", Ellery keskeytti, selvästikään kuuntelematta. "En pääsisi Princetoniin joka tapauksessa. En ole yhtä fiksu kuin veljeni." Sen sanottuaan hän tuijotti masentuneena oppikirjaansa ja jatkoi läksyjensä tekemistä. Ellery ei ollut aina kaikkein innostava keskustelija. Asiat sujuivat muutaman viikon ajan. Huomasin olevani rutiinissa - jotain, mitä olin kokenut aiemmin, vaikka se ei koskaan tuntunut toimivan. Kuten se kerta, kun äitini ilmoitti minut neljännen luokan jalkapallojoukkueeseen vakuuttavan esitteen ja piirretyn miehen ja runon vuoksi, joka kuului: Yhteishenki ja yhteistyö erottavat meidät, puhu jaloillasi, pelaa sydämelläsi, Jos harjoitus tekee täydelliseksi, me hallitsemme, Joukkue kaiken yläpuolella. Kaiken yläpuolella, joukkue! Huolimatta vastalauseistani, että joukkue ei ehkä ole hyvä eikä minulla ollut aiempaa kokemusta jalkapallosta, äitini vakuutti, ettei kyse ollut jalkapallosta vaan siitä, miten oppia olemaan joukkueurheilija.

Kävi ilmi, että hän oli oikeassa. En oppinut jalkapallosta mitään. Kaikki, mitä opin, oli, kenen vesipullo kuului millekin joukkuekaverille, jotta saatoin juosta kentän reunaa ja antaa sen heille, kun he väsyivät ja janosivat. Jos se ei ole joukkueurheilua, en oikein tiedä, mikä sitten on. Mutta äitini veti minut pois joukkueesta sen jälkeen, kun hän kävi katsomassa kolmatta peliäni. Hän jatkoi sanomista, että olin nolannut hänet kaikkien muiden vanhempien edessä. Hän sekoitti minut joskus täysin, mutta yritin olla antamatta sen vaikuttaa minuun. Vanhat naiset ovat joka tapauksessa kaikki hulluja, eikä sille oikein voi mitään. Joka tapauksessa uusi rutiinini sujui paljon paremmin kuin jalkapallojoukkueen rutiini. Oli joitakin ongelmia yrittäessäni selvittää, kuinka päästä liikkeelle ilman pääsemistä, mutta sellainen ei ollut minulle uutta. Asiat menivät melko hyvin. Matkalla oli muutama karkea kohta, tietenkin. Esimerkiksi Delaneyn äiti sai selville, ettei hän mene kuviteltuun tennistreeniin, koska Ellery sotki ja unohti valehdella. Delaney oli melko vihainen hänelle, mutta sanoin hänelle, että se oli hänen oma kirottu syynsä, kun oli pakottanut hänet valehtelemaan alun perin, mikä oli totta. Olin samaa mieltä siitä, että Ellery oli idiootti, mutta se ei johtunut siitä, ettei hän valehdellut. Lisäksi Elleryn hiukset alkoivat kasvaa takaisin, joten hän osti tämän typerän villapipon ja alkoi käyttää sitä kaikkialla. Kysyin häneltä, miksei hän vain jättänyt ulkonäköään rauhaan ja pitänyt sitä sellaisena kuin se oli. Hän jatkoi identiteettinsä muuttamista, ja se alkoi todella ärsyttää minua. "Nyt näytän kynsilakalta", hän sanoi minulle. "Minun täytyy odottaa kolme kuukautta saadakseni sen takaisin normaaliksi, muuten se kaikki putoaa pois. Joten nyt, kun olen värjännyt hiukseni mustiksi kerran, minun on värjättävä ne mustiksi ikuisesti, ellei halua ajaa kaikkia hiuksiaan pois tai värjätä niitä eri väriin tai jotakin..." Ellery vaikeni. Hän vaikutti hyvin huolestuneelta tästä. "Joskus olla kynsilakka ei ole niin paha", sanoin. Joka tapauksessa, kun me, Delaney ja Ellery, olimme pääsemässä melko hyvään rutiiniin, tapahtui jotain todella ärsyttävää, ja se tuli, kuten tavallisesti, henkilön muodossa. Se oli se lapsi.

Olin sietänyt häntä melkein koko vuoden ajan. Joka toinen päivä hän toisi lounaansa kirjastoon ja istuisi toiselle puolelle huonetta lukien kirjoja tai tekemällä mitä ikinä hän teki. Enimmäkseen jätin hänet huomiotta, koska hän oli niin hiljainen ja kalpea, että tuskin edes huomasi häntä. Hän oli yksi niistä ihmisistä, jotka lopulta jätät huomiotta, kuten tylsät kuvat tai tapetit. Kuitenkin hän alkoi liikkua lähemmäs minua. Hän oli pysynyt nurkassa suurimman osan vuodesta, mutta sitten hänellä täytyi olla tarpeeksi rohkeutta eräänä päivänä siirtyä pöydän ääreen. Aluksi hän oli neljän pöydän päässä. Sitten, seuraavana päivänä, hän oli kolmen pöydän päässä, ikään kuin hän olisi luullut, etten huomaisi. Hän vaihtoi paikkaa, joka pari päivää, kunnes oli pöydän vieressäni, käytännössä tarpeeksi lähellä, että voisin puhutella häntä. Nyt tiedän, että ajattelet varmaan, että olen ylimielinen ja antisosiaalinen. Mutta ei ollut niin, etten pitänyt hänestä tai vastustanut hänen läheisyyttään. Se oli se tapa, jolla hän sen teki. Joka viikko tai niin, nostin katseeni ja huomasin hänen tuijottavan minua. Olen varma, että hän teki sitä useammin, mutta hän oli vain erittäin hyvä piilottamaan sen. Ei yllättäisi minua, jos joka hetki, kun yritin lukea kirjaani tai syödä rauhassa lounaani, hän vain tuijotti päätäni. Ja sitten joka päivä hän oli lähempänä. Ikään kuin hän olisi hiipinyt luokseni tai jotain. Se ajoi minut hulluksi.

Hänessä oli jotain outoa, jota en voinut aivan tavoittaa. Kyse ei ollut siitä, oliko hän jotain vai ei, vaan siitä tuntemuksesta, jonka sain ollessani hänen ympärillään. Hän oli enemmän ja vähemmän kuin kukaan muu, jonka olin koskaan tavannut. Ajattelin sen johtuvan hänen jatkuvasta tuijottamisestaan. Tuntui siltä, että hän työskenteli yhtä ahkerasti kuin minäkin yrittäen selvitä jostakin, ehkä jopa ahkerammin. Minulla ei ollut aikaa toiselle henkilölle, jolla oli ongelmia käsiteltävänään, varsinkin sellaiselle, joka saattaisi huomata rikkinäiset ikkunani kotona. Aloin uskoa, että kaikki ihmiset olivat hulluja ja toivoin voivani olla mieluummin kettu. Sitten, ihan tyhjästä, se poika katosi. Oletin, että hän oli menettänyt kiinnostuksensa kiusata minua tai löytänyt muualta paikan syödä lounasta. Mutta hän palasi takaisin, ja olin pettynyt siihen, ettei mikään ollut pysynyt samana. Tuntui kuin olisi saanut tietää, että on jouluaatto, ja sitten tajunnut, ettei niin ollutkaan. Eräänä päivänä, kun kävelin kirjastoon, näin hänen istuvan juuri siihen pöytään, jonka olin suunnitellut itselleni. Olin vihainen, joten menin hänen luokseen hiljaa. Kun tervehdin häntä, hän säikähti ja kaatoi limsapullonsa ja kirjansa, sotkien pöydän. Hän yritti ensin nousta kirjansa kanssa ja päähän, mutta päätyi lyömään päätään pöytään.

Kävelin pöydän ympäri ja asetin limsapullon pystyyn, jotta estäisin kaatumisen kirjaston matolle. "Sinun pitäisi varmaan siivota tuo", ehdotin. Poika ei sanonut sanaakaan, vaan hän kurotti reppuunsa ja otti esiin serviettejä lounasrasiastaan ja heitti ne kaatuneen limsan päälle. "Anteeksi", hän sanoi tasaisella äänellä. En ymmärtänyt, miksi ihmiset pyytävät anteeksi, kun eivät ole tehneet mitään väärin. Se on vain hämmentävää. Poika kieltäytyi katsomasta minua, kun hän jatkoi serviettien heittämistä kaatuneen limsan päälle. Hän selvästi tunsi pahaa mieltä siitä, mitä oli tapahtunut. lopulta käytettyään liiallisen määrän serviettejä hän siivosi sotkun ja heitti ne roskiin ennen kuin istuutui takaisin lukemaan kirjaansa. Uteliaana kysyin, mitä hän luki, mutta en voinut nähdä kirjan kantta, koska se oli litteänä pöydällä. Hän nosti sen ylös ja näytti minulle kannen, ja kerroin hänelle, että se oli hyvä kirja. Seisoessani siinä ja katsellessani häntä, mietin suhteitamme ja sitä, ymmärsimmekö toisiamme.

Poika katsoi ylös ja sanoi, "Pidän Tralfamadorilaisista", puoliksi hymyillen. Oli ilmeistä, että hän piti heistä, ja kuka tahansa, joka ei pitänyt heistä, oli hölmö. Huolimatta hänen sanoistaan päätin antaa hänelle anteeksi mitä hän oli aiemmin minulle tehnyt, ja aloin syödä voileipääni. Emme puhuneet enää, kunnes kello soi ja hän lähti, jättäen minut pohtimaan hänen ikäänsä. Seuraavana päivänä huomasin, että hänellä oli massiivinen musta silmä ja kysyin häneltä, mitä oli tapahtunut. Hän selitti olleensa tappelussa ja kysyi järkyttäen minulta, oliko minulla olutta. Kun sanoin ei, hän tarjoutui maksamaan sen, mutta kieltäydyin. Hän palasi lukemaan samaa kirjaa kuin aiemmin, mikä sai minut uskomaan, että hän luki hitaasti. Kysyin häneltä ikää, mihin hän vastasi 15. Kuitenkin hän näytti paljon nuoremmalta. Hänen nimensä oli Ronny, eikä hän kuulunut mihinkään jengiin. Keskustelu päättyi toiseen pitkään hiljaisuuteen.

"Sinun ei pitäisi juoda olutta", sanoin. Vihasin itseäni hieman sanoessani sen, koska se ei ollut oikeastaan minun asiani, mutta asia oli se, että hän näytti noin kymmenen vuoden ikäiseltä. Hän kohautti olkapäitään. "En yleensäkään juo", hän sanoi. "Pidän vain siitä." Tuijotin häntä hetken. "No hyvä", sanoin. Ronny taittoi kirjan kanteen pöydälle. "Pidän Tralfamadoreista, paitsi että he kidnappasivat Billy Pilgrimin", hän sanoi. "He eivät olisi saaneet tehdä sitä." "Ei, et ymmärrä", sanoin heti. "Se ei ole niin kuin he kidnappasivat hänet. Se on niin kuin he olisivat aina kidnapanneet hänet, joten he eivät voineet tehdä asialle mitään, joten he tekivät siitä parhaansa ja kaiken." Pysähdyin hetkeksi. "Ja hän oli onnellinen, koska hän sai harrastaa seksiä sen näyttelijättären kanssa." Ronny istui hiljaa hetken. "Mutta he eivät silti olisi saaneet tehdä sitä", hän sanoi lopulta. Joidenkin ihmisten kanssa ei vain voi puhua järkeä. "Kenet löit?" kysyin häneltä. Hän tuijotti minua pitkään. "Toisen jengin", hän sanoi lopulta. Hän hymyili ensimmäistä kertaa. Katsoin häntä vihaisesti. Hän näytti selvästi olevan erittäin hauska. "Mitä tapahtui?" kysyin häneltä. "Hävisimme", hän vastasi. "Oli varmaan osa siitä, että olit humalassa", sanoin. "Se oli osa siitä." "Humalassa oleminen on erittäin huonoa koordinaatiotaitojesi kannalta." "Kerropa muuta." Tuli hiljaisuus. "Et pidä minusta", hän sanoi lopulta. Hän ei sanonut sitä vihaisesti tai mitään. Mutta tunsin silti oloni huonoksi, koska hän näytti noin kymmenen vuoden ikäiseltä. "Kukaan ei pidä toisistaan", kerroin hänelle.

"Oh", hän sanoi. Olisin voinut kertoa hänelle, että syy oli erilaisissa linnoissa, mutta en tiennyt, olisiko hän ymmärtänyt sitä kovin hyvin. "Toivon, että olisin jengissä", Ronny sanoi. "Miksi?" "Koska sitten jos saisin mustan silmän, se olisi jonkinlainen syy", hän sanoi. "Tai, jos olisin sotilas. Tai Tralfamadorian." "Luulen, että olet väärässä ympäristössä", sanoin hänelle. "Usealla tasolla." Pysähdyin miettimään.

"Tralfamadorialaiset eivät kuitenkaan pidä sodista. Siksi he hyppäävät niiden yli." Hän ei selvästikään ymmärtänyt Tralfamadoreja kovin hyvin. "Joo", hän sanoi lopulta. En sanonut enempää Ronnylle pariin päivään. Menimme vain kirjastoon ja istuimme samassa pöydässä, ja hän luki yhä Teurastamo 5:ttä. Hän oli hitain lukija ikinä, vannon Jumalan kautta. Joten asiat olivat melko hyvin. Olin kahdessa eri rutiinissa, mikä oli minulle outoa. En tiedä milloin tarkalleen pääset rutiiniin jonkun kanssa, mutta luulen, että se on silloin, kun odotat jotain heiltä, ja he odottavat jotain sinulta. Esimerkiksi Delaney ja Ellery odottivat minun olevan koulun takana klo 15.30, jotta voisimme ajaa kokouspaikalle. Ja nyt Ronny odotti minun olevan kirjastossa lounastauoilla, ja minä odotin hänen olevan siellä. Ja se olisi ärsyttävää heille, jos en olisi, ja ärsyttävää minulle, jos he eivät olisi. Et halua päätyä liian moneen rutiiniin, luulen - ne voivat todella muuttua kirottujen vaivaksi kaikille osapuolille - mutta ne ovat joskus ok. Ajattelin, että sillä oli jotain tekemistä linnojen ja sen kanssa, miten siitä pääsee tai ei pääse ja takaisin pääsemisestä, mutta en voinut täysin selvittää sitä. Halusin kysyä Ronnyltä, mutta yritin miettiä, miten sanoa se Tralfamadorien termein. "Mikä on nimesi?" Ronny kysyi minulta eräänä päivänä. Tajusin, etten ollut koskaan kertonut hänelle nimeäni. En tiennyt olinko epäkohtelias, kun en kertonut nimeäni, vai oliko hän epäkohtelias, kun ei kysynyt sitä niin pitkään aikaan. Tällaiset asiat voivat olla joskus hämmentäviä.

"Sanoin 'Farley'", korjasin Ronnyn hämmennyksen hänen nauraessaan. "Mitä?" kysyin häneltä. "En tiedä", hän vastasi, naurun hiljentyessä. Ihmiset yleensä lakkaavat nauramasta, jos et ole nolostunut jostain. Se ei vain ole enää hauskaa heille. "Oletko kunnossa?" kysyin häneltä. Hän tuijotti minua hämmentyneenä. "Mitä?" "Ei väliä", sanoin. "Minulla on joskus vaikeuksia ilmaista asioita oikein." Samaan aikaan Delaney ja Ellery kamppailivat uusien jäsenten hankkimisessa klubillemme. He eivät näyttäneet saavan ketään liittymään, koska Delaney yritti värvätä ihmisiä, joita hän vihasi, ja Ellery yritti värvätä ihmisiä, jotka vihasivat häntä. Luulen, että Delaney oli enimmäkseen vihainen, koska hän halusi siirtää kiven, kun taas Ellery halusi vain oppia pukeutumaan paremmin. Hän oli hankkinut uudet silmälasit, koska hänen äitinsä oli viimein vienyt hänet optikolle, joka totesi hänen näkönsä olevan pahin, jonka he olivat nähneet vuosikausiin. "Sinun on luovuttava villapiposta, Ellery", Delaney sanoi hänelle lopulta. "Tai sitten lasit. Näytät hipsteriltä, ja se on meille kaikille nöyryytys." Tämä suututti Elleryä, joten hän päätti ottaa villapipon pois ja laittaa tilalle baseball-lippiksen. Kuitenkin Delaney sanoi, että se näytti typerältä eikä sopinut hänen silmälaseihinsa. Joten hän hankki piilolinssit, mutta ne saivat hänen silmänsä vuotamaan, joten hänen piti palata takaisin silmälaseihin. Sitten hän päätti leikata hiuksensa todella lyhyiksi, jotta esille tulisivat vain korostetut osat. Mutta Delaney sanoi, että se sai hänen lasinsa näyttämään suuremmilta kuin hänen päänsä, joten hän laittoi villapipon takaisin päähänsä, lopetti lasien käytön ja kulki ympäriinsä sokeana. "Delaney", puutuin lopulta puheeseen, "jätä Ellery rauhaan." "En voi auttaa sitä", hän vastasi. Ongelma oli, ettei hän todellakaan voinut. Delaney oli hyvin ilkeä ihminen. Luulen, että se johtui suurelta osin siitä, että ihmiset jatkuvasti sanoivat hänelle korjata ruusupensaat, kun hän selvästi ei halunnut. En voinut päättää, oliko hän ilkeä, koska hän ei korjannut ruusupensaita, vai eikö hän kastellut niitä, koska oli ilkeä. Joka tapauksessa hän ei ollut ilkeä, koska halusi tai oli pakko olla, hän oli vain ilkeä, koska oli ilkeä. Joskus tällaisille asioille ei vain voi mitään.

Luku 11

"Se tulee olemaan hauskaa, lupaan sen", sanoi Ellery, yrittäen saada Delaneyn ja minut mukaansa perhelomalle Bostoniin. "En halua mennä kaupunkiin", vastasi Delaney. "Minun veljeni murhattiin siellä." "En halua mennä paikkaan, jossa voisin tulla murhatuksi", lisäsin. Vaikka epäilin Delaneyn väitettä valheeksi, en halunnut ottaa riskejä. Ellery ei tuntunut antavan periksi. "Menemme museoon", hän sanoi innoissaan. "Vanhempani sanoivat, että voin tuoda ystäviä. Lisäksi Paul on siellä." "Mikä museo?" kysyin. "Emme ole ystäviäsi", väitti Delaney. "Vihaamme sinua." Ohittaen meidät, Ellery jatkoi, "Haluaisin teidän tapaavan Paulin. Tulette pitämään hänestä." "Pelkkä se, että olemme samassa kerhossa, ei tee meistä ystäviä", huomautin. "Farleyn ja minun välilläni ei ole ystävyyttä." "Minulla ei ole ystäviä", lisäsin. Tiesin, että käyttäytymiseni linnojen kanssa oli vaikeuttanut ystävien löytämistä. Ellery ei antanut periksi, "Te tulette pitämään Paulista. Sen näette."

"Kukaan ei ole ystäviä", vastasin tasaisesti. "Minun veljeni siepattiin ja murhattiin pedofiilin toimesta, kun hän oli vain viisivuotias", jakoi Delaney, nauttien näennäisestä epämukavuudesta ilmassa. Huolimatta epäilyistämme, Delaney ja minä lähdimme Bostoniin sinä viikonloppuna tavataksemme Elleryn veljen. Meillä oli vähän vaihtoehtoja asiassa.

Kävimme abstraktissa taidemuseossa, ja Ellery huomautti, että Paul oli erittäin kiinnostunut abstraktista taiteesta. Olin hieman innoissani, koska en ollut koskaan käynyt taidemuseossa, ottanut maalauskurssia tai lukenut kirjaa taiteesta. Ajattelin, että taide voisi auttaa minua löytämään motivaation, kun tunsin olevani hukassa. Kuitenkin abstrakti taide vaikutti päinvastaisesti; lähdin museosta vielä enemmän hämmentyneenä kuin sinne mennessäni. Matkan aikana tajusin, että inhosin taidetta, koska se ei tehnyt minulle mitään järkeä. Ymmärrän, että saatatte pitää minua tekopyhänä, koska juuri puhuin järjettömyydestä ja kyseenalaistin sen olemassaolon aiemmin. Kuitenkin abstrakti taide oli minulle täysin käsittämätöntä ja ei tehnyt mitään järkeä. Museossa esillä ollut taide ei kuvannut mitään ja koostui pelkästään sekavista väreistä heitettynä yhteen. Olin ymmälläni ja odotin saavani siitä jonkin merkityksen.

Taiteilijat vaikuttivat joko erittäin hämmentyneiltä tai laiskoilta, ja heidän taiteensa näytti ylimieliseltä. Ihmiset, jotka tarkkailivat taidetta, olivat pienissä ryhmissä kahden tai kolmen hengen porukoissa eivätkä voineet edes katsoa sitä tehokkaasti itsekseen. He ristivät käsivartensa ja levittivät jalkansa erilleen, kallistivat päätään sivulle tai rypistivät otsaansa ikään kuin he olisivat keskittyneet yrittäessään purkaa jotain merkityksellistä abstraktista maalauksesta, joka oli vain muutama sanko maalia heitelty huolettomasti kankaalle. Tuntui siltä, kuin ihmiset olisivat katsoneet toistensa menevän linnoihin, jotka eivät oikeasti olleet olemassa. Olin turhautunut, koska nämä ihmiset tuhlasivat aikansa yrittäessään löytää jotain järkeä sieltä, missä sitä ei ollut, sen sijaan että olisivat käsitelleet omia epävarmuuksiaan. Se, että he uppoutuivat tarkkailemaan toisiaan tarkkailevia, oli ärsyttävää.

Joka tapauksessa, Elleryn veli Paul saapui taidemuseoon tunnin myöhässä, joten Ellery, Delaney ja minä istuimme penkillä ympärillämme taidetta, joka ei kiinnostanut meitä. Nousin ylös ja lähestyin maalausta, joka oli pääosin harmaa suuren punaisen roiskeen keskellä. Yrittäessäni ymmärtää sen merkitystä, luin kuvatekstin, joka kertoi maalauksen edustavan assyrialaisten, kreikkalaisten ja armenialaisten kärsimystä Armenian kansanmurhan aikana. Taiteilija oli saanut innoituksensa nähtyään nuoren pojan veren erään verilöylyn jälkeen. Ajattelin, että oli todennäköisempää, että taiteilija oli vahingossa läikyttänyt punaista maalia harmaalle kankaalle ja myöhemmin päättänyt, että se näytti Armenian kansanmurhan vereltä. Tuntui siltä, että monet taiteilijat loivat työnsä vahingossa ja antoivat sille merkityksen jälkikäteen. Takaisin penkillä Delaney vaikutti epäilevältä taiteen suhteen, kun taas Ellery oli innoissaan siitä, että tapaisimme Paulin. Hän nousi ylös ja käveli ympyrää penkin ympärillä, vakuuttaen, että Paul oli mahtavin.

"Me tiedämme", sanoi Delaney. "Yhtäkkiä tulin siihen ajatukseen, että meidän kerhomme pitäisi vastustaa taidetta", sanoin. Delaney ja Ellery kääntyivät katsomaan minua. "Et voi tehdä niin, Farley", sanoi Ellery kuulostaen hieman moittivalta. "Miksi ei?" kysyin. "Et voi olla vastustamatta taidetta", hän kuiskasi. Sitten hän vilkaisi ympärilleen, ikään kuin pelkäisi jonkinlaisen taidenatsin kuulevan meidät ja ajavan meidät ulos museosta. "Miksi ei?" kysyin uudelleen. "Olemme yhteiskunnassa, joka vastustaa kaikkea. Jos et ole huomannut, taide on yksi niistä asioista." "No, kyllä", sanoi Ellery pyöritellen silmiään, "Mutta miksi erityisesti taide?" "Jos tämä on taidetta, niin sitten vihaan sitä", sanoin. "Farley", Delaney sanoi kärsimättömästi, "et voi vihata taidetta." "Vihaan sitä", sanoin, "Vihaan sitä hiton paljon." En pitänyt siitä, että Delaney puolusti taidetta, enkä siitä, että he kertoivat minulle, mitä saan tai en saa vihata. Se sai minut vain vihaamaan heitä ja taidetta vielä enemmän. "Tarkoitat, että et arvosta sitä", korjasi minut Ellery. "Kyllä", sanoin. "En arvosta sitä. Aivan kuten en arvosta sitä, että yritätte kertoa minulle, miten minun pitäisi suhtautua taiteeseen." Pysähdyin ja sitten kietouduin käsiini. "Lisäksi, vihaan sitä." Tähän mennessä Ellery vaikutti suorastaan loukkaantuneelta. "Mutta se on taidetta", hän sanoi vihaisesti. "Tiedän", vastasin. "Ja vihaan sitä." Joskus ihmisille on hyvin vaikeaa tajuta kaikkein yksinkertaisimpiakaan asioita. "Vihaan taidetta hiton paljon", mutisin uudelleen. Tällä kertaa he molemmat jättivät minut huomiotta. "Menen lahjatavarakauppaan", sanoi Ellery. "Tuletteko mukaan?"

Kumpikaan meistä ei ollut tuonut rahaa

mukanaan, joten emme voineet mennä mukaan. Delaney ja minä istuimme hiljaisuudessa jonkin aikaa, koska olimme edelleen vihaisia toisillemme taidekeskustelun jälkeen. lopulta hän kääntyi minuun ja kysyi: "Mitä tekisit, jos löisin sinua kasvoihin?" Kohottaen kulmia, kysyin: "Kuinka kovaa lyödä minua?" Pyöritellen silmiään hän vastasi: "Siinä ei ole pointtina se." Pienen hiljaisuuden jälkeen hän kysyi: "Niin kovaa kuin vain pystyisin." Ottaen huomioon hänen voimansa, sanoin: "Luultavasti kuolisin tai menettäisin tajuntani. Kaikki riippuu siitä, minne lyödään. Jos se osuisi nenään, niin—" Keskeyttäen minut hän sanoi: "Ei, Farley. Tarkoitin, mitä tekisit vastatoimena, jos et menettäisi tajuntaasi tai kuolisi tai mitään sellaista." Ymmärrettyäni, mitä hän tarkoitti, sanoin: "Oh. Jos voisin tehdä mitä tahansa?" Nyökkäyksen saattelemana hän odotti vastaustani. Mietin hetken ja sanoin sitten: "Tässä tapauksessa menisin takaisin aikaan ennen kuin löisit minua ja juoksisin karkuun." Vaikuttaen entistä vihaisemmalta hän mutisi: "Ihan sama. Olet mahdoton, Farley. Tästä juuri johtuu, ettei kukaan halua liittyä kerhoosi." Tuntien turhautumista olin juuri sanomassa jotain muuta, kun Ellery palasi suolakaramelleilla. Delaney kieltäytyi niistä, ja minä myös selittäen, etten pitänyt niistä. Ellery myönsi, ettei hänkään pitänyt niistä, ja Delaney kysyi, miksi hän osti niitä.

Ellery huokaisi surullisesti ja sanoi: "Luulin, että te pitäisitte niistä", ikään kuin se olisi ollut meidän syytämme, ettemme halunneet hänen suolakaramellejaan. Istuimme hetken hiljaa kaikki kolme. Sitten päätin ottaa yhden estääkseni niitä menemästä hukkaan. Ellery näytti rohkaisevan ja ojensi minulle palan. Avasin sen ja heitin sen kohti taideteosta, mikä ärsytti Delaneyta. Kuitenkin otin toisen palan ja heitin sen uudelleen, ja tällä kertaa se todella jäi kiinni taideteokseen. Delaney otti palan suolakaramellia, nuoli sitä ja painoi sen otsalleni, kun Ellery nauroi. Yrittääkseen todistaa pointtinsa, Delaney käveli muutaman askeleen päähän ja alkoi heittää karkkia päähäni sen sijaan, että heittäisi sitä taideteokseen. Valitin, että hän ei tehnyt sitä oikein ja suojelin kasvojani käsilläni. Sillä välin Ellery alkoi tulla levottomaksi ja varoitti meitä, että joutuisimme vaikeuksiin.

Niinpä Delaney alkoi heitellä suolakaramelleja Elleryn sijaan, selvästi nauttien tilanteesta. Ellery ansaitsi sen, että nauroi minulle ja osti karamellit alun perin, joten liityin mukaan. Pian olimme vain me kaksi, jotka heittivät karkkia Ellerya kohti, ja hän yritti suojautua ja valitti sopimattomasta käytöksestämme taidemuseossa. Silloin tapasimme Paulin. Aluksi emme huomanneet häntä, koska olimme liian kiireisiä heittämään karkkia. Mutta kun Paul puhui, pysähdyimme. Hän oli seissyt siinä ristissä käsin katsoen meitä kulmat kurtussa. Ja kurtistunein kulmin hän totesi, että oli hyvä tietää, että hänen veljensä oli kypsyttänyt itseään siitä lähtien, kun hän viimeksi näki hänet. Yhtäkkiä Ellery lopetti itsensä puolustamisen ja punastui. Hän yritti syyttää meitä taiteen arvostuksen puutteesta. Paul, joka liikkui aina hitaasti, astui lähemmäs ja kehui Elleryn hattua. Tämä teki Ellerystä entistäkin tietoisemman itsestään. Lopulta hän kysyi Paulilta, oliko tämä nähnyt heidän vanhempiaan.

"Kyllä", Paul sanoi, nosti kulmiaan merkitsevästi, "vaikka he ovat ilmeisesti laiminlyöneet lastenhoitotehtävänsä." Elleryn kasvot olivat nyt vielä punaisemmat, mikä viittasi siihen, että asiat eivät menneet aivan niin kuin hän oli toivonut. "Paul", hän keskeytti hätäisesti, "nämä ovat ystäväni, Farley ja Delaney." Paul tuijotti meitä useita hetkiä kädet ristissä ja kulmat kurtussa, mikä sai minut tuntemaan oloni epämukavaksi, kuin jonkin taideteoksen. "Vau", Paul sanoi lopulta, "hyvin tehty, Ellie. Sinulla on ystäviä." Delaney puhkesi äkisti puheeseen, ehkä yrittäen kostaa Ellerylle, että tämä oli tuonut meidät museoon, "Emme ole hänen ystäviään. Vihaamme häntä." Todennäköisemmin se johtui siitä, että hän oli vain ilkeä ihminen, eikä sille aina voi mitään.

"Pidätkö suolakaramellista?" kysyin Paulilta. En halunnut sen menevän hukkaan ja ajattelin kaikkia afrikkalaisia lapsia, jotka voisivat hyötyä siitä. Jos en voisi valmistaa heille riisiä linnoituksessani, vähintä mitä voisin tehdä, oli pelastaa suolakaramelli hukkumasta. Lisäksi siivoojilla olisi vaikea tehtävä sen siivoamisessa. Tämä ajatus sai minut paniikkiin, koska minulla ei ollut rahaa antaa siivoojille tippiä. Kaikki mitä minulla oli jäljellä, oli suolakaramelli, ja se olisi kauheaa heille siivottavana. Oli masentavaa ajatella heidän joutuvan katsomaan naurettavaa abstraktia taidemuseota yö toisensa jälkeen ilman edes tippiä. Joten päätin, että jos ansaitsisin biljoona dollaria, ostaisin kaiken taiteen ja polttaisin sen, jotta köyhien siivoojien ei tarvitsisi katsella sitä päivästä toiseen.

Tuntuu siltä, että hyviä asioita ei koskaan tapahdu vahingossa. Esimerkiksi kun heitin vahingossa rahaa pois, se meni vain hukkaan. Mutta kaikki taideteokset näyttivät kuin kauheilta vahingoilta, ja suurin osa niistä todennäköisesti olikin. Jotkut ihmiset olivat kuitenkin päättäneet, että ne olivat taidetta, vain siksi, että ne olivat niiden tekijöiden tekemiä, jotka olivat tunnettuja taiteilijoina, mikä ei tarkoita mitään. Tuloksena oli, että köyhien siivoojien oli pakko katsella joukon idioottien tyhmiä vahinkoja ja ihmetellä, miksi heidän vahinkonsa eivät päässeet museoihin, jotka myyvät suolakaramellia. Se saisi kenen tahansa ällistymään; se oli ainakin saanut minut ällistymään, joten en voinut edes kuvitella, miten se oli siivoojille.

"Olen ensihoitaja", Paul sanoi. Tajusin, että hän katsoi minua taas kuin taideteosta, ja se sai minut aika kiukkuiseksi. "Hän on kunnossa", sanoi Ellery, vaikka kuulosti vihaisemmalta kuin koskaan. "Hän ei ole sairas tai mitään. Hän on vain erittäin epäkohtelias." "En tiedä", sanoi Paul tieteellisesti. "Hän voisi saada aivoverenvuodon." "Hänellä ei ole aivoverenvuotoa. Hänellä on vain ajatus", sanoi Delaney. "Se tapahtuu yleensä, kun hän kyllästyy; luulen, että taide vaikuttaa hänellä haitallisesti." Hän hiljeni. "Tai sitten hän ei todella pidä sinusta." "Luultavasti taide", sanoi Ellery hätäisesti ja hieroi niskaansa. Nostin kättäni ja aloin raapia päätäni, miettien, miksi he kaikki olivat niin huolissaan, kun en puhunut, mutta kun puhuin, he tuskin kuuntelivat minua. Se oli kuin ihmiset, jotka katselivat taidetta, arvaan. Ihmiset olivat aina kiinnostuneimpia asioista, jotka eivät kertoneet heille mitään hyödyllistä. En tiennyt miksi. Kyykistyin. "Meidän pitäisi ehkä kerätä suolakaramellit talteen", sanoin heille. Parin sekunnin kuluttua kuulin, kuinka Ellery ja Delaney polvistuivat auttamaan minua. Mutta Paul ei liikkunut; hän näytti edelleen pitävän meitä taideteoksina. "Hienot ystävät sinulla on, Ellie", sanoi Paul lopulta. Ellery ei katsonut ylös; hän oli polvillaan yrittäen saada suolakaramellin pois yhden veistoksen alta. "Joo", hän sanoi katsomatta ylös. "Ne ovat ihan jees."

Luku 12

Suureksi pettymyksekseni päätimme viettää koko iltapäivän taidemuseossa. Paul tuijotti jokaista maalausta vakavalla ilmeellä noin neljä tuntia, kun taas Ellery yritti matkia häntä katsomalla samantyyppisiä maalauksia lähellä. Delaney ja minä harhailimme ympäriinsä tarkoituksettomasti, tuntien turhautumisen ja masentumisen kasvavan mitä pidemmälle aika kului. Delaney mutisi toistuvasti, että hän vihasi Elleryä, oli tämä sitten kuulemassa tai ei. Harkitsin huomauttamista siitä, miten hän oli puolustanut taidetta aiemmin, mutta päätin olla tekemättä niin, koska Delaneyn viha oli arvaamatonta ja joskus ilkeää. Sen sijaan pidin suuni kiinni ja yritin välttää lisää tunnekuohuja. Kuitenkin, kun Ellery vietti absurdiin pitkän aikaa tuijottamalla samaa abstraktia maalausta, en voinut vastustaa kiusausta puuttua asiaan. Kysyin häneltä sarkastisesti, oliko hän löytänyt elämän tarkoituksen jo, ja hän vastasi töykeästi käskemällä minua olemaan hiljaa. En kuunnellut häntä vaan jatkoin maalauksen arvostelemista epäjohdonmukaiseksi ja merkityksettömäksi. Ellery haastoi minut, ja tajusin ensimmäistä kertaa, että hän oli pidempi kuin minä.

"En välitä," hän ärähti. "Ei sen tarvitse tarkoittaa mitään. Se on kaunista." Hän puristi kätensä nyrkkiin ja näytti hetken ajan siltä, kuin hän kääntyisi takaisin, mutta sen sijaan hän hitaasti kääntyi minuun päin, ilmeensä minulle vieras. "Tiedätkö, mikä sun ongelmasi on, Farley?" hän kysyi. "En", vastasin epäröiden, ottaen askeleen taaksepäin. Hän oli paljon pidempi kuin minä. Hän kääntyi ympäri ja kallistui lähemmäs. "Sä aina liioittelet kaiken", hän ärähti. "Sä olisit onnellisempi, jos et aina yrittäisi selvittää kaikkea. Ja vihaisit asioita vähemmän", hän jatkoi, äänensä voimistuen niin, että lähellä olevat ihmiset alkoivat tuijottaa. Hän siirtyi äkillisesti huomionsa Delaneyhin, osoitti sormellaan hänen suuntaansa ja alkoi moittia häntä. "Sä et tarvitse olla niin ilkeä koko ajan. Teeskentelet olevasi kiva vain saadaksesi mut liittymään sun typerään kerhoon, ja sitten käännyt mut vastaan ja alat kertoa kaikille, että vihaat mua, ja sitten teet pilkkaa mun hiuksista ja hatustani ja laseistani ja kaikesta..." Tajuamme, että Elleryn kiintymys maalaukseen johtui todennäköisesti huonosta näöstä. Avasin suuni jaksaakseni tämän oivalluksen, mutta Ellery oli jo liian kiinni raivonpurkauksessaan. "Vain siksi, että olet ilkeämpi kuin mä, se ei tee susta parempaa tai älykkäämpää", hän huusi. "Ainoa syy, miksi tulin ystäväksesi, oli se, että luulin, että olisit erilainen, ja erilainen hyvällä tavalla. Mutta olet pahempi. Kutsut mut liittymään sun kerhoon, mutta sitten valehtelet mulle jostain listasta, joka ei ollutkaan sellainen kuin väitit. Ja sitten saat mut näyttämään idiootilta mun veljeni edessä ja heittelet mulle tavaroita ja teet pilkkaa laseistani..." Tähän mennessä Ellery hieroi niskaansa ja herätti puolet taidemuseon huomiosta.

"No niin, eroan. En halua olla enää osa

teidän kerhoanne", hän sanoi vihaisesti ennen kuin poistui raivokkaasti galleriasta, jättäen minut ja Delaneyn ihmettelemään, mitä juuri oli tapahtunut. Paul, Elleryn veli, seisoi vain siinä kädet ristissä ja kaventunut katse ikään kuin koko tilanne olisi ollut vain taidekappaletta. Ajattelin, että hän aikoi seurata Elleryä, koska oli tämän isoveli, mutta hän vain kääntyi takaisin maalauksen puoleen, luultavasti kykenemättömänä erottamaan eroa. Huokaisin ja tajusin, että tämä oli syy, miksi en pitänyt joutumisesta kaavoihin, koska kaikki ihmiset ovat mielipuolisia. "Toivon, että olisin kojootti", kerroin Delaneylle. "Hiljaa, Farley", hän vastasi ennen kuin lähti kävelemään kohti museon toista osastoa. Tunne pahasta Elleryn purkauksen jälkeen päätin mennä ulos ja etsiä häntä. Satoi rankasti, mutta onnistuin näkemään hänet seisomassa kädet ristissä, tuijottaen kadulle. Kävelin hänen luokseen ja seisoin hetken aikaa ennen kuin sanoin: "En pidä sun veljestäsi. Hän luulee, että olemme kaikki vain taidetta." Ellery jätti huomioimatta kommenttini, ja tajusin, että olin sanonut väärän asian. "Sinun pitäisi käyttää lasejasi uudelleen", lisäsin. "Ne saavat sinut näyttämään tyhmältä, mutta se on parempi kuin toimia tyhmästi, koska et näe mitään."

Hän ei vieläkään ollut ottanut minua huomioon, ja tiesin vain tekeväni asiat huonommiksi puhuessani hänelle. Tämä oli minulle yleinen tapahtuma, sillä tuntui, että sanoin asioita, jotka eivät tehneet järkeä useimmille ihmisille. Olin oppinut, että useimmat ihmiset suosivat merkityksettömiä maalauksia merkityksellisten keskustelujen sijaan, ja seurauksena minulla oli vaikeuksia luoda yhteyksiä muihin. Viimeisenä keinona tarjosin Ellerylle toffeeta taskustani, mutta hän epäröi ottaa sitä vastaan. Hän ilmaisi hämmennyksensä siitä, olinko ilkeä vai vain tietämätön. Selitin, että emme voi valita, keitä olemme, aivan kuten Delaney ei voinut valita olevansa ilkeä ja Ellery ei voinut valita huonoa näköään. Olemme yksinkertaisesti sellaisia kuin olemme. Ellery ei näyttänyt olevan vakuuttunut, ja hän mainitsi jopa, että Delaney oli kutsunut minua mielipuoliseksi. Vaikka tunsin itseni loukatuksi, en voinut kieltää, että sanoin usein järjettömiä asioita. Silti Ellery näytti antavan anteeksi, ja jaamme hetken naurua. Ihmettelin, ymmärsikö hän todella minua vai oliko hän vain kohtelias. Joka tapauksessa arvostin hänen haluaan keskustella kanssani ja jatkoin yritystäni luoda yhteyksiä muihin omalla tavallani.

"Aijaa?" Hän oli jo kääntynyt menemään takaisin museoon. "Aiotteko lähteä pian?" Olin huolissani siitä, että vielä toinen tunti museossa saisi minut todella mielipuoliseksi. Ellery antoi minulle säälien katseen. "On sääli, ettet osaa arvostaa taidetta, Farley", hän sanoi. Huokaisin. "Ei ole niin, etten osaisi, mutta en vain tee sitä. Se on kaikki." Ellery antoi minulle katseen, joka oli puoliksi huvittunut, puoliksi ärsyyntynyt. "Juu", hän sanoi. Hän kääntyi ympäri ja meni takaisin museoon. Luulen, että hän ehkä odotti minun seuraavan häntä, mutta en tehnyt niin. Jäin vain ulos sateeseen odottamaan hänen palaavan. En olisi välittänyt, vaikka sade olisi muuttunut jumalattomaksi hirmumyrskyksi tai tornado olisi saapunut ja alkanut repiä rakennuksia. Kaikki mitä välitin, oli etten koskaan menisi enää toiseen taidemuseoon niin kauan kuin eläisin. Se oli vain liian jumalattoman masentavaa.

Luku 13

"En voi uskoa tätä", sanoin. En yrittänyt olla epäkohtelias, mutta en voinut olla ajattelematta niin. Tilanne oli muuttunut absurdeihin mittasuhteisiin. Ronny vilkaisi ylös ja kysyi: "Mitä?" Huokaisin ja nojasin taaksepäin tuolissani. "En voi uskoa, että luet edelleen Teurastamo 5:ttä", kerroin hänelle. Ronny siirsi hiuksia kasvoiltaan. Mustelma hänen silmässään oli vaihtanut väriä mustasta siniseksi ja sitten violetiksi. "Niin mitä sitten?" hän kysyi. Tuijotin häntä hiljaisuudessa. Hän palasi kirjansa pariin, ja ajattelin, että keskustelumme oli ohi. Kuitenkin hetken kuluttua hän hyppäsi ylös, kaatoi tuolinsa ja repi kirjan kahtia. Hän repi sivuja irti ja heitti ne pöydälle. Sitten hän rutisti kannen palloksi ja heitti sen kasvoilleni. "Tuossa!" hän huusi, kädet täristen vihasta. "Oletko nyt tyytyväinen?" "En", vastasin, enimmäkseen hämmentyneenä. Hän marssi ulos kirjastosta jättäen reppunsa ja tuhotun kirjan taakseen. Tuijotin hänen peräänsä, yrittäen saada selvää koko tilanteesta. Kirjastonhoitaja tuli luokseni ja huudahti: "Farley! Mitä tapahtui?" Kerroin hänelle, etten tiennyt, mutta että toinen poika oli tuhonnut kirjan. Hän ei uskonut minua ja käski minut poistumaan kirjastosta, uhkaillen minua varkaudesta ja koulun omaisuuden tuhoamisesta. Otin Ronnyn repun mukaani ja yritin tarjota sitä todisteeksi, mutta hän huusi minulle, että minun piti lähteä.

Joten tartuin reppuuni ja poistuin. Joskus tilanteille ei vain voi mitään. Lounasta oli vielä kaksikymmentä minuuttia jäljellä, joten päätin kierrellä koulussa. Silloin törmäsin Elleryyn ja Delaneyhin, jotka söivät pizzaa käytävällä. Uteliaana kysyin: "Miksi te kaksi syötte käytävällä?" Ellery, suu täynnä ruokaa, vastasi: "Emme voi syödä ruokalassa. Ihmiset ajattelevat, että seurustelemme." "Aha", sanoin ymmärtävästi. Oli hetken hiljaista, ennen kuin paljastin: "Minut on porttikielletty kirjastosta." Delaney puhkesi nauramaan. Ellery, joka oli juuri nielaissut suuren suupalan voileivästään, kysyi: "Miksi?" "Se oli varkauden ja koulun omaisuuden vahingoittamisen takia, mutta se ei ollut minä", selitin. Delaney nauroi uudelleen. Ellery näytti epäilevältä. "Selvä, Farley. Varmasti se ei ollut sinä", hän huomautti ja otti toisen suupalan voileivästään. Vastasin: "Hän poistui tästä ovesta noin viisi minuuttia sitten. Hän on pieni poika. Saatat olla nähnyt hänet." Ellery ja Delaney vaihtoivat katseen ja sitten Delaney kysyi epäilevästi: "Oletko varma, että tämä poika ei ole kuvitteellinen, Farley?"

Huokaisin, tuntien kahden repun painon olkapäilläni aiheuttavan epämukavuutta. "Hän on todella pieni", toistin. "Hän näyttää noin kymmenvuotiaalta, mutta hän on itse asiassa viisitoista. Hänen hiuksensa ovat liian pitkät ja sotkuiset, ja hänellä on valtava mustelma silmänsä yläpuolella." Sekä Ellery että Delaney tuijottivat minua. "Emme ole nähneet häntä", vastasi Ellery. "Anteeksi, Farley", lisäsi Delaney, "luulen, että tämä poika saattaa olla sinun harhakuvasi." Ojensin heille repun. "Tämä on hänen reppunsa", sanoin yrittäen todistaa pointtini. Oli hiljaista hetki ennen kuin Ellery puhkesi nauramaan. "Farley, oletko taas varastellut asioita?" Hän virnisti typerästi, saaden minut ajattelemaan, että hän oli viettänyt liikaa aikaa Delaneyn kanssa. Käännyin ja lähdin pois, turhautuneena heidän auttamattomuuteensa. Minun oli löydettävä Ronny ja palautettava hänen reppunsa, jotta hän voisi todistaa syyttömyyteni ja saada minut takaisin kirjastoon. Mutta Ronnya ei näkynyt koko lounasaikana. Juuri kun olin valmis heittämään hänen reppunsa roskikseen, näin hänet siivouskaapin ulkopuolella tuijottamassa kokista. Laskin hänen reppunsa hänen syliinsä, aiheuttaen hänelle säpsähdyksen painon takia. Hän ei kuitenkaan vaikuttanut välittävän, jatkoi vain eteenpäin tuijottamista. "Jätit reppusi kirjastoon", sanoin suoraan. Ronny käänsi päätään minuun päin. "Eikö sinun pitäisi olla menossa luokkaan?" hän kysyi. Viittasin häntä kohti. "Eikö sinun?" "Kukaan ei tule tänne etsimään sinua", hän vastasi arvoituksellisesti. "No, se on hienoa, mutta sinun täytyy puhua kirjastonhoitajalle, koska olet saanut minut erotetuksi kirjastosta", selitin, turhautumiseni valtaamana.

Hän raapi päätään ja sanoi: "Voi." Ristin käteni ja ärähdin: "Voi? Onko se kaikki, mitä sinulla on sanottavana? Meillä kaikilla ei ole siivouskaappeja, joihin piiloutua." "En piileskele", hän vastasi. "Olen vain käymässä Stevellä." "Steve?" kysyin ärtyneenä. Yhtäkkiä keski-ikäinen kaveri ohuilla hiuksilla ja ulkona pullottavalla vatsalla tuli ulos siivouskaapista. Hän piti molempia käsiään selkänsä takana. "Onko hän sinun kanssasi?" siivoja kysyi Ronnylta karhealla, tylsällä äänellä. Ronny kohautti olkiaan ja nyökkäsi sitten. Juuri kun olin aikeissa protestoida, siivooja Steve otti kädet selkänsä takaa ja tarjosi minulle colaa. Kieltäydyin, mikä näytti ärsyttävän häntä. Steve meni takaisin kaapin sisään, kun taas Ronny ja minä istuimme ulkopuolella. Kysyin Steveltä, löytääkö hän koskaan vahingossa roskikseen heitettyä rahaa, mutta hän kielsi sen. Steve yritti selittää minulle, että jotain on mahdotonta löytää, ellei etsi sitä. Tunsin oloni masentuneeksi, kun he eivät edes yrittäneet etsiä rahaa roskista. Steve aisti surumielisyyteni ja sanoi, että hän joskus löytää rahaa lattialta. ärähdin: "No, se ei helkkari lasketa, eikö niin? Se voisi tapahtua kenelle tahansa!" Steve kohautti olkiaan ja meni takaisin kaappiin. Istuin Ronnyn viereen ja painoin pääni käsiini. Ronny kysyi, oliko jotain vialla.

"Minulla on joitakin ongelmia linnani kanssa", sanoin. "Et ymmärtäisi." Ronny ei tuntunut tietävän, miten vastata, joten hän otti siemauksen colastaan. lopulta hän huokaisi ja kysyi, halusinko lähteä. Suostuin, ja hän nousi ylös, mutta selvensin, että tarkoitin lausettani älyllisessä mielessä. Hän pyöritti silmiään ja käveli pois, mutta seurasin häntä silti. Halusin rikkoa rutiiniani ja saada luokkatoverini ihmettelemään, missä olin. Lähtiessämme kysyin Ronnylta, joudummeko vaikeuksiin luvattomasta poissaolosta, mutta hän kutsui minua "tyhmäksi" edes ehdottaessani sitä. Kävellessämme valitin, että Delaney oli kyyditsemässä minua kaikkialle, enkä ollut enää tottunut kävelemiseen. Ronny tarjoutui jättämään minut, mutta kysyin, kuinka pitkä matka meillä oli edessä. Kun hän sanoi sen olevan noin mailin, päätin tulla mukaan.

Luku 14

Niinpä aloin kävellä uudelleen, ja kuljimme hiljaisuudessa hetken aikaa. En kiinnittänyt paljon huomiota määränpäähämme, koska se ei ole vahvuuksiani. Ajatukseni olivat kiinnittyneet vahtimestariin, ja pohdin erilaisia tapoja, joilla voisin päästä hänen linnaansa, mutta mikään niistä ei tuntunut käytännölliseltä. Ei ollut järkevää kerätä vaihtorahoja roskiksista, mutta halusin hänen tekevän niin. Tajusin, että useimmat asiat, jotka tuntuivat järkeviltä, olivat itse asiassa järjettömiä. Siksi jokin, mikä ei tuntunut järkevältä, saattoi itse asiassa olla järkevää. Toivoin, että voisin selittää tämän vahtimestarille, jotta hän voisi ymmärtää. Yhtäkkiä Ronny keskeytti ajatukseni ja tiedusteli, minne olin menossa. Tajusin, että hän oli kääntynyt erään ajotien kohdalle, ja minä olin jatkanut tien suoraa osuutta. Pahoittelin ja seurasin häntä hänen ajotielleen, joka oli loivempi kuin Delaneyn, mutta pitempi ja mutkitteleva, tiheiden metsien ympäröimä. Astuimme Ronnyn taloon, joka näytti pienemmältä verrattuna korkeisiin puihin. Ronny laittoi päälle vanhan television, mutta vaimensi äänen. Kysyin häneltä: "Mikä on tuon tarkoitus?" Ronny ärähti minulle ärtyneenä, ikään kuin olisi unohtanut läsnäoloni ja olisi ärsyyntynyt, että keskeytin hänet. "Se on minun taloni, eikö niin?"

Hetken kuluttua hän ärähti. Nyökkäsin myöntävästi, että talo oli todellakin hänen, ja hän istahti yhdelle tiskeillään olevista jakkaroista, koska ruokapöytää ei ollut. Vaikka en ollut erityisen kiinnostunut hänen keittiöstään, huomasin seuraavassa huoneessa laajan kirjakokoelman. Niinpä käännyin ja suuntasin sinne päin. Suureksi pettymyksekseni koko kirjahylly näytti olevan täynnä erilaisia uskonnollisia tekstejä tai joogaa käsitteleviä kirjoja, joista kumpikaan ei herättänyt mielenkiintoani. Ronnyn ääni kaikui oviaukon läpi: "Tiedäthän, että on epäkohteliasta penkoa toisten omaisuutta." Käännyin ympäri ja näin hänen seisovan muutaman askeleen päässä takanani. "Joten", jatkoin, "oletan, että vanhempasi ovat buddhalaisia, hinduja, muslimeja, skientologeja tai jotain sellaista?" Käännyin takaisin kirjahyllyyn ja lisäsin: "Tai ehkä kaikkia edellä mainittuja?" Ronnyn silmät kaventuivat, ja hän risti kätensä rinnalleen muistuttaen turhautunutta lasta, jonka leluja tutkitaan. "Isäni on uskontotieteilijä", hän sanoi närkästyneenä. "Se selittää", vastasin. "Entä äitisi? Onko hän joogaopettaja?" "Ei", Ronny ärähti, ärsyyntyen entisestään. "He nauttivat vain joogasta." "Ah", sanoin. "Tapasivatko he toisensa joogan kautta?" "Ei", Ronny ärähti jälleen. "Haluaisitko poistua siitä alueelta, ehkä? En antanut sinulle lupaa mennä sinne, tiedäthän." "Et sanonut, etten saisi", muistutin häntä seuratessani häntä ulos huoneesta. "Tulet sotkemaan kaiken", valitti Ronny. "Ja sitten minut syytetään siitä."

"Anteeksi", sanoin. "Ovatko vanhempasi täällä nyt?" Ronny nauroi ja käveli jääkaapille. "Eivät, he ovat matkoilla", hän vastasi. "Kuinka kauan?" kysyin. "Oh, en muista", hän sanoi välinpitämättömästi. "Joten, olet täällä... yksin?" Uteliaisuuteni ja kateuteni sekoittuivat. "No, Sam käy silloin tällöin", hän kohautti olkiaan ja vaihtoi televisiokanavaa nyrkkeilyotteluun. Kun yksi miehistä sai kovan iskun kasvoihinsa, Ronny irvisti ja käänsi katseensa pois. "Kuka on Sam?" kysyin. "Setäni", Ronny vastasi. "En tiedä, missä hän on juuri nyt, mutta hän on aika siisti tyyppi. Sinun pitäisi nähdä, mitä kaikkea hän antaa minulle." Hän virnisti ilkikurisesti ja tarjosi minulle oluen. "Luulin, että olimme puhuneet tästä", nuhtelin häntä, kun hän otti purkin jääkaapista. "Mitä Tralfamadorialaiset ajattelisivat, Ronny?" Hymy katosi hänen kasvoiltaan. "Vittu Tralfamadorialaiset", hän ärähti. "He ovat hyödyttömiä." "No", sanoin, kun hän istuutui viereeni ja otti siemauksen oluestaan, "he ovat kuvitteellisia, Ronny. He ovat yhtä hyödyllisiä kuin teet heistä." Hän tuijotti minua. "Olet vain kateellinen, koska setäsi ei tuo sinulle olutta." "En ole", sanoin. Ronny sivuutti minut ja otti toisen siemauksen. "Tiedätkö, mikä sinun ongelmasi on, Farley?" hän sanoi. "Haluan tietää", vastasin. Hän loi minuun ärtynyttä katsetta ennen kuin jatkoi. "Olen tavannut monia sinunkaltaisiasi", hän sanoi.

"Niinkö?" kysyin. Se ei ollut asia, jonka kuulin usein. "Ei aivan kuin sinä", mutisi Ronny, "mutta samankaltaisella ongelmalla." "Mikä se on?" kysyin. Hän otti toisen pitkän kulauksen ja laski sitten pullon pöydälle. Hän näytti siltä, että hän oli aikeissa pitää tauon, mutta sitten hän muutti mielensä ja otti pienen siemauksen, sitten suuremman. Sitten hän röyhtäisi melko kovaa ja sanoi, "No, olet hyvin älyllisesti epäonnellinen." "Ai", sanoin, katsoen hänen juovan toisen siemauksen. "Luulen niin." "Se ei kuitenkaan ole ongelmasi", hän sanoi. "Mikä se sitten on?" kysyin ärsyyntyneenä. Hän otti pitkän siemauksen ja sanoi, "Pidät siitä." "Pidän mistä?" kysyin hämmentyneenä. "Älyllisestä epäonnellisuudestasi", hän vastasi. Hän nousi jakkaralta ja alkoi kävellä ympäri huonetta olut kädessään. "Luulet, että se tekee sinusta marttyyrin tai jotain. Mutta sinun täytyy ymmärtää", hän pysähtyi hetkeksi, sitten joi oluen loppuun suurella kulauksella. Hän heitti sen viereiselle tuolille. "Sinun täytyy ymmärtää, ettei se tee sinusta marttyyria." Hän kääntyi ympäri ja meni jääkaapille, ottaen tällä kertaa kaksi olutta. Hän yritti liu'uttaa toisen minulle, mutta se kaatui ja minun piti ottaa se kiinni estääkseni sen putoamisen. "Miksi sitten tekee minusta?" kysyin häneltä. Hän avasi purkin ja joi pitkän, mietiskelevän siemauksen. "Päivän päätteeksi", hän sanoi lopulta, "se tekee sinusta vain onnettomamman." "Ai", sanoin. Tuijotin kättäni olevaa purkkia ja asetin sen pöydälle, koska se sai sormeni kylmettymään. "Mitä minun sitten pitäisi tehdä?" kysyin häneltä. Ronny ei sanonut mitään hetkeen; hän istui vain siinä, siemaillen oluttaan.

lopulta kuitenkin hänen siemauksensa pitkittyivät ja muuttuivat kittaamiseksi. Sitten hän käänsi purkin ylösalaisin ja kallisti päätään taaksepäin, saaden oluen valumaan leualle, kaulalle ja paidan etupuolelle. Kun hän oli lopettanut, hän heitti purkin seinään, mutta ei suutuksissaan, vaan riemusta. Hän pyyhki leukansa, kääntyi ympäri ja sanoi: "Jos olisin sinä, kokeilisin kaikkea mahdollista tehdäksesi itseni onnelliseksi." Asioiden jälkeen asiat muuttuivat oudoiksi; Ronny meni jääkaapille kolmatta olutta varten, ja minä sanoin: "Ronny, eikö se ole liikaa niin lyhyessä ajassa?" Hän kääntyi minua kohti ja sanoi: "Setä Sam toi tonnin", ikään kuin määrä olisi ainoa ongelma.

"Sanoin hänelle, 'Näytät noin kymmenen vuoden ikäiseltä', ja hän huokaisi, tuijottaen tyhjää kohtaa jääkaapin nurkassa. 'Setäni ei tuo paljon ruokaa mukanaan', hän sanoi. 'No', vastasin, 'se ei ole hyvä juttu.' Ronny jatkoi jääkaapin tuijottamista ja selitti, 'Ehkä se ei ole niin, etten pyytäisi. En vain pyydä niin usein. Hän tuo aina mukanaan mustikoita niiden antioksidanttien takia.' 'Selvä', sanoin. Ronny avasi kolmannen oluensa iltapäivällä ja istui sohvalle. 'Luin Teurastamo 5 vuosia sitten, mutta pidän siitä vain', hän sanoi. 'Setäni on todella hyvä tyyppi', hän kertoi minulle. 'Olen varma, että hän on', vastasin. Ronny sanoi sitten, 'Hän on todella hyvä tyyppi. Hän ei ole koko setäni, kuitenkin. Hän on puolisetäni. Hän on vasta 25-vuotias, ja hänellä on vielä paljon hauskaa. Hän tietää, että tunnen usein oloni huonoksi, joten hän haluaa minun tulevan niin onnelliseksi kuin mahdollista.' 'Se kuulostaa järkevältä', sanoin. Yhtäkkiä Ronny ärähti ja sanoi, 'Voin kertoa, mitä ajattelet. Et pidä hänestä.' 'En ajatellut sitä', valehtelin, tajuten, että Ronny oli sellainen tyyppi, jolle ei voinut valehdella. Hän jatkoi, 'Voin kertoa, ettet pidä hänestä.' Lopulta myönsin, 'No, kukaan ei pidä kenestäkään.' Ronny vajosi sohvalle ja sanoi hitaasti, 'Olet varmaankin oikeassa. Miksi niin?' Vastasin, 'Se johtuu linnakkeista. Kukaan ei pääse toistensa linnakkeisiin.' Ronny otti toisen siemauksen ja mutisi, 'Se on sääli.' 'On se', sanoin. 'Se on todellinen sääli. Olen yrittänyt selvittää sitä muodostamalla kuvioita ihmisten kanssa, mutta se ei ole auttanut ollenkaan.'"

"Se ei auta," sanoi Ronny. "Useimmat ihmiset eivät halua muodostaa kuvioita kanssasi. He haluavat vain pystyä sanomaan, että ovat muodostaneet kuvioita kanssasi." Olin vaikuttunut hänen oivalluksestaan ja kerroin hänelle, että äitini on juuri sellainen. Hän ei halua katsoa minua kokkaavan riisiä afrikkalaisille lapsille linnakkeessani. Hän haluaa katsoa muiden ihmisten katsovan minua kokkaavan riisiä afrikkalaisille lapsille linnakkeessani. Ronny näytti hetken hämmentyneeltä, mutta nauroi sitten ja kysyi, miksi kokkaisin riisiä afrikkalaisille lapsille. Selitin, että he eivät voi kokata omaa riisiään Afrikassa, ja siksi he ovat niin laihoja. Ajattelin, että kokkaisin kaiken heidän riisinsä heille, jos saisin heidät linnakkeeseeni. Ronny nauroi ja huomautti, että afrikkalaiset eivät syö vain riisiä. Tajusin, että minulla oli vain hämärä käsitys asiasta ilman täyttä ymmärrystä ja tunsin syyllisyyttä. Sillä välin Ronny nauroi niin kovaa, että kaatoi olutta vatsalleen. Minulla sen sijaan oli kamala päivä, koska minut oli kielletty kirjastosta, minulla oli ongelmia vuokra-asunnossa ja vahtimestari Steven kanssa, ja olin juuri tajunnut, etten tiennyt miten ruokkisin kaikki afrikkalaislapset linnakkeessani kunnolla. Katsoin hetken aikaa vihaisena Ronnya, kiehuen raivosta. Lopulta hän lopetti nauramisen, istui ylös ja hörppäsi sen, mitä olutta ei ollut läikähtänyt hänen paidalleen. Tilanteesta huolimatta hänellä oli edelleen hymy kasvoillaan. "Hei, tiedätkö mitä Sam kerran sanoi minulle?" hän kysyi minulta. Vastasin synkkänä: "Mitä?" Ilman erityistä syytä Ronny heitti tyhjän olutpurkin minua kohti. En vaivautunut yrittämään ottaa sitä kiinni, mutta hän osui pahasti ohi, ja purkki osui pöytään ennen kuin se vierähti lähellä olevan tuolin alle. "Hän sanoi, 'mikään ei ole hauskempaa kuin onnettomuus'. Alan ymmärtää, mitä hän tarkoitti", Ronny naurahti. Älähdin: "Samuel Beckett sanoi sen!" Hän piti hetken aikaa nauruaan ennen kuin vastasi: "Entä sitten? Se, että joku kuuluisa sen sanoi, ei tarkoita, etteikö kukaan muu voisi sanoa sitä uudelleen." Vaikka olin vihainen, aloin ymmärtää, miksi Ellery nauroi "linnake"-ajatukselleni. Ronnyn sanat saivat minut pohtimaan, oliko onnellisuuden tavoittelu turhaa, koska kukaan muu ei tulisi elämääni kuin nauramaan minulle. Tartuin olutpurkkiin pöydältä, päättäväisenä pelastamaan ylpeyteni. Tämä teko oli symbolinen tapa paiskata oman kuvitteellisen linnakkeeni ovet kiinni kaikkien kasvoille, jotka olivat koskaan kohdelleet minua kaltoin. Ronny keskeytti ajatukseni: "Vau, Farley, juot nopeasti." Tajuamatta, kuinka nopeasti olin juonut oluen, mutisin: "Tämä maistuu kamalalta." Huonosta mausta huolimatta jatkoin juomista. Useimmat asiat elämässä olivat samanlaisia kuin mäen kiipeäminen - epämiellyttäviä aluksi, mutta jatkoi silti eteenpäin ilman loogista syytä. En halunnut läikyttää mitään paidalleni, joten join oluen hitaasti noin 100 asteen kulmassa. Kun lopulta olin valmis, paiskasin purkin pöydälle kuten Ronny oli tehnyt aiemmin. "En ole vielä onnellinen", kerroin Ronnylle. Tunsin vain pientä huimausta ja pahoinvointia. "Kokeile toista", hän vastasi.

Tein sen. Se maistui yhtä pahalta kuin ensimmäinenkin ja sai minut tuntemaan oloni entistäkin heikommaksi, lisäten pahoinvointiani. Raivostuneena käänsin ja heitin tyhjän purkin seinää vasten. 'En ole vieläkään onnellinen!' huusin Ronnylle. Hän katseli minua ajatuksissaan ja sanoi, 'Se on outoa.' Vastasin, 'Joo, se on ihan helvetin outoa!' Hän ehdotti, että ottaisin toisen purkin, mutta kieltäydyin julistamalla hänen neuvonsa hyödyttömiksi. Kävelin kohti sohvaa, melkein kompastuen tyhjään purkkiin matkalla, ja istuin hänen viereensä. Tuijottaessani pöytää Ronny huomautti, 'Ehkä ongelma olet sinä, etkä minun neuvoni. Ehkä et halua olla onnellinen.' Vastasin, 'Se on liikaa pyydetty haluta olla onnellinen. Haluan vain tuntea oloni onnelliseksi.' Ronny röyhtäisi jälleen ja nousi ylös. 'Tiedätkö', hän sanoi, 'Ongelma on, että joit väärää tavaraa. Minulla on kellarissani joitain laadukkaita tuotteita.' 'Miksi helvetissä join ensin huonolaatuista tavaraa?' ärähdin turhautuneena. 'Anteeksi', hän sanoi, siirtyen pois sohvalta. 'Haen ne.' Samalla mieleni harhaili äitini ja hänen kirjakerhonsa luokse. Kuvittelin itseni tunkeutumassa sisään, ja äitini kysyvän minulta, miten päiväni oli mennyt, ja minun vain tuijottavan häntä ja sitten oksentavan hänen kenkiinsä. Ajatus sai minut hiljaa naurahtamaan, mutta se ei silti tehnyt minua yhtään onnellisemmaksi. Ronny palasi takaisin noin kuuden tai seitsemän pullon kanssa. Puhkesin nauruun nähdessäni hänet, koska hän näytti edelleen kymmenenvuotiaalta ja horjahteli huvittavasti, neste valuen pitkin hänen kasvojaan ja paitaansa, ja hiukset märkinä kaulansa ympärillä. 'Mikä siinä on niin hauskaa?' hän kysyi, typerä virne leviämässä hänen kasvoilleen, ja nauroin vieläkin kovempaa. 'Hei, mikä on hauskaa?' hän toisti, mutta juuri kun hän puhui, hän menetti tasapainonsa, kompastui eteenpäin ja pudotti kaikki pullot lattialle. Yllätyksekseni mikään niistä ei särkynyt. Katsoessani häntä avuttomana lattialla, hämmentyneenä, nauroin vieläkin kovempaa. Yksi pulloista vierähti luokseni, ja kysyin, 'Voinko ottaa tämän?' Ronnyn ilme muuttui hätääntyneeksi, ja hän otti nopeasti pullon pois käsistäni. 'Ei, ei sitä', hän sanoi hermostuneesti, ja vieritti toisen pullon luokseni. 'En voi helvetissä avata tätä', ärähdin hänelle.

Hän kaiveli taskuaan noin kahden tunnin ajan ennen kuin lopulta tuotti korkinavaajan ja heitti sen minulle. Kesti hetken aikaa tajuta, miten sitä käytettiin, mutta kun sain korkin irti, join sisällön niin nopeasti kuin pystyin. Toivoin, että tämä juoma tekisi minut onnelliseksi, tai muuten olisin mennyt kotiin ja oksentanut äitini kenkiin. Ronny huikkasi rennosti, "Maistuuko se paremmalta?" En vastannut, mutta juoma oli hieman parantunut maultaan. Joka tapauksessa jatkoin sen ryystämistä. Vertasin sitä mäen kiipeämiseen - kun saavutin huipun, annoin kaiken valua ulos. "Tunnen itseni hieman onnellisemmaksi nyt", sanoin, epävarmana siitä, oliko juomat todella vastuussa siitä vai halusinko vain tuntea niin. "Minun pitäisi ottaa toinen sellainen, Ronny." "Tiedätkö, mikä aika nyt on?" hän kysyi yhtäkkiä, ohittaen kommenttini. "En ole varma, kahden tienoilla ehkä?" arvasin. "Kello on puoli neljä", Ronny julisti dramaattisesti. "Voi." Tajusin, että puhelimeni oli jäänyt pöydälle ja kompuroin sen luokse, tuntien olevani vakaampi kuin normaalisti mutta samalla vähemmän turvassa. Puhelimeni näytöllä oli kaksi vastaamatta jäänyttä puhelua Delaneylta, mikä tuotti minulle suurta iloa. "Onko sulla vielä yksi?" kysyin Ronnylta, päätellen alkoholin tuovan esille onneni. Hän nousi seisomaan ja ojensi minulle pullon. "Oletko nyt onnellinen?" hän kysyi. "En välitä", vastasin. Lopulta me molemmat unohdimme, kuinka monta pulloa olimme tyhjentäneet, ja ajan mittaan maailma alkoi tuntua uskomattoman huvittavalta. "Farley", Ronny julisti vakavana, kun olimme molemmat romahtaneet sohvalle, "on sääli, ettei kukaan voi pitää toisistaan." "Ei sillä ole väliä", nauroin, mikä tuntui oudolta ja silti täysin sopivalta tilanteen hysteerisyyden vuoksi. Näköni oli alkanut sumeta, samanlaisesti kuin kun kokeilet jonkun toisen silmälaseja ja yrität keskittyä mihinkään. "Tiedätkö mitä, Ronny?" kysyin. "Mitä?"

"Ollaan kännissä", totesin varmasti, löytäen tilanteen erittäin huvittavana. Ronny vaikutti yllättyneeltä ja kuvitteli vain olevansa hyvin nesteytetty. Oikaisin hänet, mutta ajatukseni olivat liian hajallaan keskittyäkseni, ja ehdotin, että hän tapaisi ystäväni. Soitin Delaneyn numeroon yrittäen laittaa hänet kaiuttimelle, mutta vahingossa mykistin hänet sen sijaan. Kun sain viimein hänet kaiuttimelle, kerroin hänelle olevani humalassa, mikä sai Elleryn kysymään, oliko se totta. Delaney vaati tietää, missä olimme ja miksi olimme juoneet, ja pyysin häntä hakemaan meidät epätoivoisessa tilanteessa. Kysyttäessä, keitä tarkoitin, vastasin vitsillä, joka sai minut ja Ronnyn nauramaan, vaikka se ei tehnyt järkeä.

"Käännyin Ronnyn puoleen ja vaadin, 'Mikä on sun osoite?' Laitoin hänet kaiutinpuheluun, jotta Delaney kuulisi, kun hän kertoo meille missä asui. Ronny haukotteli ja esitteli itsensä Delaneylle, mutta muistutin häntä antamaan osoitteensa. Nauroimme hänen virheelleen. Delaney ärsyyntyi, kun Ronny kysyi, oliko hän hakemassa häntäkin, eikä tajunnut Ronnyn asuvan kanssamme. Tunsin syyllisyyttä, kun hän kuulosti pettävältä, joten tarjouduin kaappaamaan hänet mukaamme yhteiskuntaamme. Ronny meni pakkaamaan ja nukahdin. Kun heräsin, hänellä oli suuri laukku ja hän näytti huolestuneelta, että olin kuollut. Hän jakoi vakaumuksensa siitä, että Jumala ja Tralfamadorilaiset työskentelevät yhdessä tappaen ihmisiä, kun nämä selvittävät kaiken."

"Eläisinkö ikuisesti, jos en koskaan saa sitä selville?" kysyin häneltä. Ronny sanoi ei ja selitti, että henkilö, joka tietää vastauksen, voi tappaa ne, jotka sen ovat selvittäneet tai ne, jotka eivät koskaan tule selvittämään sitä. Hän neuvoi minua tekemään sen näyttämään siltä, että olen juuri selvittämässä sitä selvitäkseni kauemmin. Kysyin, oliko hän oppinut tämän vanhemmiltaan, mutta hän sanoi oppineensa sen itse. Kysyin, mitä tapahtuu kuoleman jälkeen, ja hän sanoi, että maa syö sinut. Kysyin, tapahtuuko mitään sen jälkeen, kun sen on selvittänyt, mutta hän sanoi, että tarkoitus on, että joku muu selvittää sen, kun olet poissa. Kysyin maailmanlopusta, mutta hän sanoi, ettei sillä olisi väliä, koska he olisivat jo selvittäneet kaiken. Yhtäkkiä oveen koputettiin, mikä teki Ronnysta levottoman, kunnes muistutin häntä suunnitellusta maantiematkastamme."

"Oh," hän sanoi ja näytti huomattavasti helpottuneelta. "Oikein." Kompuroiduin oven luo ja heitin sen auki. Delaney seisoi siellä kädet ristissä, hänen yrityksensä osoittaa paheksuntaa voitettiin voitonriemuisella huvittuneisuudella ja pilkalla. Ellery seisoi hänen takanaan näyttäen hieman hermostuneelta ja erittäin innoissaan. "Voi, hei!" sanoin iloisesti. "Hei, Ronny! Oletko valmis maantiematkalle?" Delaney naurahti huvittuneena. "Mikä maantiematka?" "Se, tiedäthän", huokaisin. "Ronny!" Ronny kompuroi kohti ovea, laukku yhä kaulassaan. "Voi, hei siellä! Oletteko te Farleyn ei-kavereita?" "Juuri niin kuin olemme", Delaney sanoi. "Oletan, että olet hänen kuvitteellinen ystävänsä?" "Olen, kyllä", vastasi Ronny nyökytellen myöntävästi. "Itse asiassa olen viettänyt suurimman osan elämästäni kuvitteellisena ystävänä." "Erinomaista", sanoi Delaney napakasti. "No, Farley, jos haluat, Ellery ja minä voimme viedä sinut tapaamispaikalle, jotta sinun ei tarvitse mennä kotiin ja kertoa äidillesi, että olet juonut." Räpyttelin useita kertoja. "Mutta haluan kertoa hänelle!" huusin. "Hän on niin ylpeä minusta!" "Ellery, voitko viedä hänet autoon?" sanoi Delaney, sivuuttaen töykeästi mielipiteeni. Ellery astui eteenpäin ja tarttui käsivarteeni, mutta ei yrittänyt liikuttaa minua. Delaney kääntyi sitten Ronnyn puoleen, joka seisoi ovella ja tuijotti häntä suurin silmin. Hän tarkkaili Ronnya paheksuvasti. "Kuinka vanha olet, kaksitoista?" "Olen yhdeksänsataa vuotta vanha", hän sanoi juhlallisesti, "kuten Metusalem. Minulla menee hetki selvittää asioita." "Tietenkin", hän sanoi napakasti. "No, oletan, että tulet mukaamme?" Ronny nyökkäsi juhlallisesti ja ojensi kätensä. "Hauska tavata", hän sanoi, silmät kiinnittyneenä tiukasti Delanyn kasvoihin. "Sinulla on upeita silmäluomia. Ne ovat hyvin... valkoisia. Tiedätkö mitä? Me olemme kaikki valkoisia. Eikö se ole outoa? Kaikki Tralfamadorit ovat vihreitä, luulen."

"Okei", toisti Delaney. "Ellery?" Ellery veti minua auton suuntaan, ja kompuroin hänen perässään. Pysähdyimme auton luokse, ja hän tarkasteli minua päästä varpaisiin. "Herra jestas, Farley", hän sanoi. "Minulla on liikemarssitauti", ilmoitin hänelle. Sanattomana hän avasi etuoven. Tartuin penkin pääntukeen ja vetäydyin autoon. En löytänyt turvavyötä, joten nojauduin taaksepäin ja suljin silmäni. Kuulin hämärästi Ronny Orwellin seuraavan Delaneyn perässä autoon ja Delaneyn kysyvän: "Missä helvetissä sun vanhempasi ovat, jäbä?" "He yrittävät selvittää sitä", hän sanoi. "Mutta he ovat surkeita siinä." Kuulin Delaneyn huokaavan. "Ellery, voitko vetää hänet sisään?" "Miksi me otetaan hänet mukaan?" kysyi Ellery hermostuneesti. "Emme edes tunne häntä." "Hän tulee!" huusin vihaisesti. "Otin hänet mukaan yhteiskuntaamme!" "Jumalauta, Farley", tiuskaisi Delaney. "Et voi vain ottaa ketä tahansa haluat yhteiskuntaan, varsinkaan kaksitoistavuotiasta." "Hän on viisitoista", selitin. "MINÄ OLEN YHDEKSÄNSATAA VUOTTA VANHA!" huusi Ronny takanani. "Mene vain autoon", mutisi Delaney. Kuulin jonkinlaista kamppailua ennen kuin auton ovi paiskautui kiinni. Avasin silmäni, kun Delaney istuutui viereeni. "No, Farley", hän sanoi huokaisten. "Minun on sanottava, että olen pettynyt." "Siitäkö, että olin humalassa?" kysyin häneltä. Auto nytkähti äkisti taaksepäin ennen kuin kiihdytti eteenpäin, saaden vatsani kierähtämään, mutta päätin olla mainitsematta siitä. "Siitä, että olit humalassa ilman minua", hän ärähti. "Okei", sanoin. "Haluaisitko olla humalassa myös?"

"Ei", hän sanoi, "mutta kauhistuttaa, että melkein missasin jotain niin uskomattoman huvittavaa." "Voi", sanoin, "anteeksi." Ajoimme hiljaisuudessa jonkin aikaa, lukuun ottamatta Ronnyn hikkailua takapenkillä, joka pari minuuttia. lopulta Ellery puhkesi puhumaan. "Me päädytään ongelmiin." "Pidä suusi kiinni, Ellery", sanoin minä ja Delaney. Puhetyylini oli hieman epäselvä ja hidastunut, mutta tarkoitin samaa kuin Delaney. Delaney jatkoi: "Tämä on ensimmäinen huvittava asia, mikä on tapahtunut ikuisuuksiin. Älä pilaa sitä." "Joo, Ellery", toistin, "älä pilaa sitä." "Te tyypit", sanoi Ronny takapenkiltä, "älkää huolehtiko. Minulla on kassillinen hyvää olutta mukana." Tässä vaiheessa Ellery menetti täysin malttinsa. Hän alkoi huutaa minulle ja Delaneylle, että meidän pitäisi pysähtyä välittömästi, koska meidät pidätetään rattijuopumuksesta. Delaney yritti selittää hänelle, ettemme olleet alkoholin vaikutuksen alaisina, mutta Ellery ei kuunnellut. Hän oli varma, että joutuisi vankilaan ja pilaisi mahdollisuutensa päästä Princetoniin. Sitten hän yritti hyökätä Ronnyn kimppuun ja ottaa laukun häneltä pois. Ronny vastasi yllättävän väkivaltaisesti, ja Delaney joutui huutamaan heitä molempia hiljentymään, tai muuten hän kääntäisi auton ympäri. Kun he eivät kuunnelleet, hän painoi jarrua äkisti, saaden molemmat iskeytymään päitään etuistuimiin ja minut melkein kaatumaan eteenpäin lähes läpi tuulilasin, koska en löytänyt turvavyötäni. Sen jälkeen molemmat tuntuivat rauhoittuvan, mutta Ronny piti laukkua puolustautuvasti ja Ellery mutisi jotain hiljaa. Vaikka Delaneyn äkillinen liike oli onnistunut pysäyttämään tappelun takana, se ei ennustanut hyvää minun matkapahoinvointini kannalta. Yritin pidättää sitä, mutta lopulta sanoin: "Delaney, minun on oksennettava."

Hän pysäytti auton äkisti mäen päällä, kumartui ylitseni, repäisi oven auki ja työnsi minut epäkohteliaasti ulos autosta. Pyörähdin maassa ja lepäsin poski asfaltilla. "Ah", huokaisin, "tuntuu paremmalta nyt." "Olet niin idiootti, Farley", ärähti Delaney, huolissaan enemmän autostaan kuin minusta. "Olet oikeassa, myönnän sen", vastasin edelleen kasvot maassa. "Mene takaisin autoon tai jätän sinut tänne", hän ärähti. "Sinä typerä hölmö." Juuri sillä hetkellä vatsani tuntui jälleen pahoinvointia, mutta yritin olla välittämättä siitä ja lauloin sen sijaan laulun. Löysin sen huvittavaksi ja purskahdin nauruun uudelleen. "Farley!" Delaney huusi. "Tuletko vai etkö?" Käänsin itseni ympäri, kasvot tien sivulle päin, ja oksensin. "Täydellistä", Delaney huokaisi. "Pistän auton talliin ennen kuin kukaan muu menettää ruokahalunsa. Te kaksi", hän osoitti Ellerya ja Ronnya, "ulos autosta." Heidän noustessaan autosta, Ellery kiroili hiljaa, ja Ronny lauloi hölmön laulun kovalla äänellä. Ellery kehotti lopulta häntä olemaan hiljaa, mutta Ronny kosti mainitsemalla hänen rumaa hattuaan.

Luku 15

"Ellery, tämä on kerran elämässä -
tilaisuus", Delaney sanoi innoissaan,
vastaten Elleryn huoliin. Istuin
puunrungolla ja katselin, kun Delaney
yritti vakuuttaa Elleryn liittymään
joukkoomme. "Sano vanhemmillesi, että
olet ystäväsi luona yötä. Voit silti mennä
kouluun huomenna, ja jos missaat päivän,
voit vain sanoa, ettet tuntenut oloasi
hyväksi. Minä vien sinut kotiin", Delaney
jatkoi Elleryn houkuttelua. Ellery näytti
epäröivän ja sanoi vanhempiensa
ihmettelevän, missä hän oli, jos he eivät
olleet tavanneet hänen ystävänsä
vanhempia. Astuin lähemmäs, laskin
käteni Delaneyn olalle ja kysyin, mikä
täällä tapahtui. Delaney työnsi minut pois,
inhottuaan oksennuksen hajuani ja
ilkeyttäni. Kaaduin taaksepäin ja näin
Ronnyn istuvan yhdellä puunrungoista
tuijottaen tyhjyyteen. Delaney selitti, että
voimme pitää hauskaa ja viettää yön
täällä, osoittaen Ronnya, joka oli
järjestänyt pulloja oudon muodon

mukaan. Ronny sanoi toivovansa signaloivansa Tralfamadorialaisille. Ellery huudahti vastustellen, että tällaista tekevät huonot ihmiset, ja että aivot tuhoutuvat. Hän viittasi myös terveystuntituntemuksiinsa ja otti esille veljensä Paulin.

"Minulla on idea", Delaney sanoi, ilkikurinen virne levisi hänen kasvoilleen. "Tehdään Ellerystä projekti. Opetetaan hänelle, miten olla cool, ja sitten hän voi viimein saada oikeita ystäviä. Mitäs sanotte, kaverit?" Pyöritin silmiäni, en ollut oikein tämän hölynpölyn tuulella. Ronny nyökkäsi välinpitämättömästi, mutta saatoin aistia, ettei hän ollut erityisen sitoutunut mihinkään suuntaan. "No hyvä on", sanoin puolivillaisesti, tietäen ettei ollut mitään järkeä väitellä. "Tehdään Ellerystä cool." Kun neljä meistä käveli pois, jättäen Elleryn yksin puunrungolle, en voinut olla tuntematta pientä syyllisyyden piston. Mutta emmehän me tehneet hänelle oikeastaan mitään ilkeää, vai mitä? Yritimme vain auttaa häntä sopeutumaan. Tai ainakin niin itseäni lohdutin.

"Okei", Delaney sanoi, "tässä meidän pitää tehdä." Hän pysähtyi hetkeksi ja vilkaisi Elleryä ja Ronnya. Ellery tuijotti yhä maahan, ja Ronny järjesteli pulloja. "Hei, te kaksi, keskittykää nyt, vai mitä?" Molemmat käänsivät nopeasti katseensa häneen. Hänen hymynsä leveni entisestään.

"Hyvä on", hän sanoi. Ensin Delaney auttoi Elleryä änkyttämään puhelun vanhemmilleen. En muista tarkalleen, mistä tarina oli, mutta muistan Elleryn antaneen lyhytsanaisia vastauksia ja Delaneyn puhuvan enemmän. Hänen outo hymynsä pysyi kasvoillaan. Tuntui melko epämiellyttävältä katsella häntä. Ikään kuin hän olisi ollut Cheshire-kissa houkuttelemassa kärpästä hukkumaan lätäkköön. Viimein hän lopetti puhelun. "No niin", hän sanoi Ellerylle, "näyttää siltä, että vanhempasi eivät olekaan niin huolissaan turvallisuudestasi kuin luulit." Ellery ei sanonut mitään. Seuraavaksi otin puhelimeni esiin soittaakseni äidilleni. Tiesin sen olevan tarpeen, koska hän alkaisi lopulta huolestua olinpaikastani, kun kirjakerho olisi lähtenyt ja hän huomaisi jääneen ylimääräinen annos vuokaa jäljelle. Olin kuitenkin melko pettynyt, etten saisi tilaisuutta oksentaa hänen kenkiinsä. Tiesin sen olevan epäkohteliasta, mutta halusin epätoivoisesti tehdä sen. Olin jo kuvitellut sen tapahtuvan kolme tai neljä kertaa, kun ajatus oli ensimmäisen kerran tullut mieleeni, ja nyt se olisi todella suuri pettymys.

"Ei, ei, ei", Delaney ärähti. "Sinä et aio puhua, Farley. Olet elämäni huonoin valehtelija, ja olet humalassa." "Äitini ei kiinnitä kovin hyvin huomiota", sanoin hänelle. "Hän keskittyy tarkkailemaan muita ihmisiä katsomassa linnoja." "Ole vain hiljaa", hän ärähti ja soitti numeron itse. Äitini vastasi kolmannella soittoäänellä. "Moi?" hän tiedusteli. "Hei, rouva Underwood", Delaney sanoi hyvin makealla äänellä, jonka tytöt voivat ottaa käyttöön. "Nimeni on Marcia Owens.

Farley tulee yöksi minun luokseni. Meidän täytyy tehdä biologian ryhmätyötä, ja sen viimeistelyyn menee koko yö."

"Oi, biologian tunti?" äitini kysyi kovalla äänellä, kun kuulin kirjakerhon nauravan taustalla. "Kuulostaa mielenkiintoiselta!" "Hei, äiti!" huusin puhelimeen. "Mitä te kaikki luette?" Delaney tempaisi puhelimen pois minulta, peitti sen kädellään ja mulkaisi minua uhkaavasti. "Hei, Farley!" äitini huusi takaisin, ääni melkein yhtä rohkea kuin minun. "Kuulostat siltä, kuin sinulla olisi hauskaa!" "Erinomaista hauskaa!" huusin takaisin. "Hienoa!" hän huudahti. "Oletko tyttöystäväsi kanssa, Farley?" hän kysyi samalla äänellä. Ennen kuin ehdin vastata, hän jatkoi: "No, on erinomaista, että olet niin omistautunut koulutyöllesi. Pitäkää hauskaa, lapset, selvä?" "Näkemiin, rouva Underwood", Delaney keskeytti kiireesti ja sulki puhelimen niin nopeasti kuin pystyi. Hän huokaisi helpotuksesta ja purki sitten turhautumistaan minuun. "Sinulla on onnea, että äitisi on tietämätön", hän ärähti. "Hän ei ole oikeasti tietämätön", vastasin iloisesti. "Hän on vain tarpeeksi fiksu tietääkseen, että tietämättömyys tekee hänestä onnellisen." Delaney heitti minulle kärttyisen katseen ja heitti sitten puhelimeni takaisin minulle. Hän kääntyi pois ja alkoi jutella Elleryn kanssa, mutta mielessäni oli muuta. Ajattelin, miten kompuroisin kotiin seuraavana päivänä ja oksentaisin äitini kenkiin. Ei väliä, olinko edelleen humalassa silloin – tekisin sen joka tapauksessa. Seuraavaksi tiesin, että Delaney oli poissa. Katselin ympärilleni häntä, mutta lähistöllä olivat vain Ellery ja Ronny. Ronny näpräsi yhä olutpullojen kanssa, ja Ellery väänteli hattua käsissään, hänen kirkas blondinsa alkoi kasvaa takaisin. Hän laittoi lasit päähänsä ja työnsi sitten hatun taskuunsa. "Missä Delaney on?" kysyin häneltä. Ellery otti hatun taskustaan ja katsoi sitä surumielisesti muutaman sekunnin ajan ennen kuin nousi ylös ja alkoi kiireesti kävellä ympäriinsä. "Hei, Ellery", sanoin kärsimättömästi. Hän kääntyi kohdalleni. "Missä Delaney on?" Hän kohautti olkiaan hieman. "Hän meni... siirtämään autoaan. Toiselle puolelle metsää. Joten voimme, tiedäthän, lähteä ilman hänen äitiään..." hän lausui, katsoen Ronnya. Ronny leikki yhä pullojen kanssa. En ole varma, kuinka kauan Ellery seisoi siinä tuijottaen häntä, mutta yhtäkkiä hän hyökkäsi eteenpäin, työnsi Ronnyn maahan ja tempaisi yhden pulloista.

"Mitä hittoa, kaveri", Ronny mutisi nyt selällään metsän pohjalla. "Pilasit sen. Olisin antanut sinulle yhden, jos olisit pyytänyt." Ellery avasi oluen ja otti hyvin pienen siemauksen. Hän sylkäisi sen maahan. "Tässä on hiekkaa, idiootti!" hän ärähti. "Se on makuvahvenne", Ronny sanoi pyöritellen silmiään. "Jos et halua sitä, anna se takaisin." Ellery kääntyi pois ja otti toisen siemauksen irvistäen samalla. "Vihaan teitä kaikkia", hän mutisi. Sitten hän harhaili metsään kohti paikkaa, jossa Delaney oli oletettavasti siirtämässä autoaan.

Nousin jaloilleni. Olin alkanut taas tuntea oloni pahaksi, enkä pitänyt siitä kovinkaan paljon. "Anna mulle toinen", sanoin Ronnylle. "Alkaa jo haihtua." Hän avasi yhden minulle ja yritti sitten epäonnistuneesti heittää sen minulle, minkä seurauksena kaadoin hyvän osan siitä päälleni. "Mitä helvettiä teit sen takia?" sähisin hänelle. "Moka oli minun", hän haukotteli. "Farley? Kaverisi eivät ole-kavereita ja ovat ilkeitä." "Kaikki ovat ilkeitä", sanoin. Sitten kurtistin kulmiani. "Tässä on hiekkaa." "Se on makuvahvenne", Ronny sanoi pyöritellen silmiään. "Ne ovat Samin. Siksi korkit on jo avattu. Näetkö? Hän suuttuu, kun juomme ne kaikki."

"Minun piti odottaa, kunnes hän palaisi", hän sanoi. "No, hanki sitten jotain muuta olutta ja laita siihen hiekkaa", sanoin. Istuimme siinä juoden hiekkaolutta, kunnes Delaney ja Ellery palasivat. Elleryn pullo oli tähän mennessä lähes tyhjä, ja hän näytti erittäin vihaiselta sen takia. "Ellery", kutsuin häntä. "Tiedätkö mitä? Kukaan ei enää ota asianmukaisia asioita vakavasti." Sanattomasti hän käveli Delaneyn luo ja ojensi hänelle yhden pulloista. "Vuorosi", hän sanoi. "Se on pahinta, mitä voit kuvitella." En kiinnittänyt heihin paljoa huomiota sen jälkeen. Olin liian kiinnostunut omasta hiekkaoluestani. Kaikki oli alkanut tuntua taas huvittavalta, joten aloin pohtia, tekeekö oluen juominen sinusta enemmän tai vähemmän kuin olit jo valmiiksi. En voinut päättää. Toivoin, että asiat palaisivat normaaleiksi aamulla, mutta toisaalta saattoi olla, että toivoin myös niiden jatkuvan samanlaisina, koska silloin saattaisin kuolla kuten Ronny oli sanonut. En tuntenut haluavani kuolla ennen kuin asiat palaisivat normaaleiksi, mutta toisaalta ehkä se oli koko jutun tarkoitus alun perin. Ajatuksistani herätti minut jonkinlainen hälinä. Siristin silmiäni ja huomasin, että Delaney istui Elleryn vieressä ja taputti melko sarkastisesti, kun tämä tyhjensi pullon. "Olen vaikuttunut, Ellery", Delaney sanoi. "En uskonut, että pystyisit juomaan kolme niistä."

"Vihaan tätä oikeasti", Ellery sanoi, mutta tällä hetkellä hänellä oli hölmö hymy kasvoillaan ja hän nauroi Delaneyn

kanssa. "Kuinka paljon oletkaan juonut?"
"Vain pari hörppyä", Delaney vastasi.
"Halusin vain katsella, kun kaikki
humaltuvat viihteen vuoksi." Hän antoi
Ellerylle samanlaisen hymyn. Hetken
ajan luulin Elleryn jäätyneen taas. Hänen
kasvonsa kovenivat äkillisesti, ja mietin,
oliko hänen verensä paksuuntunut ja
hänestä tulossa yksi puista - patsas. Mutta
outojen hiljaisten hetkien jälkeen hän
syttyi. "Kirottu narttu!" Minut valtasi
paniikkiaalto, kun Ellery syöksyi
Delaneyta kohti, kaataen hänet
istuimeltaan. Hänen kätensä liikkuivat
ylös ja alas kuin vipuvarsien, sumentuen
ja muuttuen. Huusin Ellerylle, että hänen
pitäisi lopettaa ja yritin puuttua
tilanteeseen, mutta hän kääntyi minuun ja
alkoi lyödä minua sen sijaan. Suojasin
pääni ja aloin huutaa linnoista ja
vartijoista. Yhtäkkiä kuului kilisevä ääni,
ja Ellery päästi hiljaisen voihkaisun,
vierähtäen pois päältäni. Delaney seisoi
siinä, pitäen kädessään särkynyttä
olutlasin kantta. Aiempi ilme oli kadonnut
hänen kasvoiltaan, ja tilalle oli tullut
hiljainen paniikki, jota en ollut koskaan

ennen nähnyt. Hän kääntyi Elleryn puoleen ja sanoi: "Anteeksi." Hänen sanansa olivat vilpittömät, enkä melkein tunnistanut hänen ääntään. Ellery kuiskasi: "Ole hyvä, halusin vain, että kaikki lopettaisivat tuijottamisen." Delaney nosti oluensa ja asetti sen pystyyn estääkseen sen läikyttämästä. "Se on melkein kaatunut kuitenkin", hän sanoi Ellerylle. Ellery ei vastannut. Delaney otti toisen siemauksen oluestaan ja irvisti. "Nyt siinä on myös likaa." "Se oli jo hiekkainen", sanoin haukotellen. "Hei Ronny, oletko elossa?" "Luulen niin", vastasi Ronny hitaasti. "Oletko sinä?" "En ole vielä selvittänyt sitä", sanoin, tuntien itseni erittäin juopuneeksi ja väsyneeksi. "Se on hyvä. Hei, Farley?" "Joo?" kysyin haukotellen uudelleen. "Jos selvität sen, lupaatko kertoa sen minulle?" "Tietenkin", vastasin. "Mutta olen todennäköisesti kuollut." "Kerro silti. Seuraan sinua, kerro vain."

"Mistä te kaksi puhutte?" vaati Delaney. Hän oli juonut alkuperäisen pullonsa tyhjäksi ja etsi nyt toista työntäen Ronnyn tieltään. "Et voi olla linnassa, jos et ole siellä!" huusin, epävarma siitä, keneen puhuin. "Et voi löytää jotain, mitä et etsi!" Delaney käveli luokseni ja seisoi ylläni vaikuttaen palaavan normaaliksi. Hän antoi minulle vaisun hymyn, ystävällisen mutta ei kovin ystävällisen. "Älä ole idiootti, Farley", hän sanoi. "Se on ainoa aika, kun löydät mitään, mitään, joka on löytämisen arvoista, muutenkaan." Hän nauroi tyhmyydelleni useita hetkiä ja meni istumaan Elleryn viereen. "Ai niin, totta", sanoin unelmoivasti. Ronny huomautti, että hänellä oli tunnustus tehtävänä, mutta kukaan ei kuunnellut häntä. Suljin silmäni ja nojasin pääni taaksepäin, huolestuneena siitä, että kaatuisin ja nauraisin itsekseni. Yhtäkkiä tajusin, että ulkona oli pimeää. "Paljonko kello on?" huudahdin Ronnylle, mutta kukaan ei vastannut. "Se on hiton I, Farley", huusi Ronny minulle. "Se on IOL, selvä?" Kuulin naurua jostain vasemmaltani, joka kuulosti oudolta ja vääristyneeltä, pelottavalta, vaikka tiesin sen olevan Ellery.

"Myönnän, se johtuu raa'asta riisistä", hän sanoi. "Oikeastaan me kaikki kuolemme raa'an riisin vuoksi, Farley, jos mietit sitä." Mietin hetken ennen kuin vastasin. "Ei, me emme ole", sanoin. "Se on totta", Ronny hengähti. "Jumala on huono riisin hallinnassa. Hän antaa sitä vain tietyille ihmisille tietyillä alueilla ja unohtaa kaikki muut." "Voi", vastasin, huomaten Ronnyn silmien koon. "Silmäsi ovat valtavat." "Se johtuu siitä, että Jumala viettää kaiken aikansa Tralfamadorianien kanssa. Hän rakastaa heitä, ja he ovat laadukkaampia kuin me. Toivoisin olevani yksi heistä", Ronny sanoi, silmiensä suuretessa. "Ymmärrän, Ronny", vastasin ystävällisellä mutta hieman holhoavalla äänellä. "Hän on surkea riisin hallinnassa", jatkoi Ronny. "Hän antaa paljon joillekin ja ei mitään toisille." "Miksei hän sitten korjaa sitä?" kysyin. "Se on tärkeää." "En tiedä, oletko huomannut, Farley", Ronny sanoi, "mutta Jumala on vähän ärsyttävä tyyppi." "Olen huomannut sen, mutta miksi?" kysyin. "Joskus asiat vain ovat", vastasi Ronny hitaasti. En voinut uskoa, mitä kuulin.

"Vau", sanoin, "paljonko kello on?" "Kuulitko minut, Farley?" kysyi Ronny. "Sanoin sen johtuvan siitä, että hän on meitä." "Voi", sanoin hiljaa. "Kuulin väärin. Luulin sen johtuvan siitä, että me olemme 'on'." "Olemmeko?" Ronny huudahti ihmeissään ja kauhistuneena. Tuijotin hänen takanaan olevia kiviä, silmieni räpytellessä hitaasti ennen kuin taas avautuivat. "Ronny", kuiskasin, "jos me olemme 'on' ja hän on meitä, tekeekö se hänestä 'on' vai tekeekö se meistä hänet?" "Farley", Ronny äkkiä hengähti, "luulen, että me kuolemme." "Ei", vastasin, pudistaen päätäni. "Emme ole vielä selvittäneet sitä."

Taustalla kuului lukuisia ääniä, mutta en voinut erottaa oliko se Delaney, Ellery vai jotain muuta, joka yritti kommunikoida kanssani. Yrittääkseni terävöittää kuuloani suljin silmäni, mutta se sai kaiken vain katoamaan. Paniikissa tajusin, etten voinut kuulla ilman näköaistia. Avasin silmäni nähdäkseni Ronnyn istuvan pystyssä, sormeilemassa hiuksiaan. Hänen suhteettoman suuret silmänsä veivät suurimman osan kasvoistaan, pullistuen otsaan ja alas nenän alapuolelle. Olin kauhuissani ja järkyttynyt, mutta Ronny kuiskasi hiljaa: "Entä jos ei ole mitään selvitettävää?" Käännyin ympäri, käteni tärisivät hallitsemattomasti, ja näin Delaneyn ja Elleryn. Ellery oli laittanut hatun takaisin päähänsä, vaikka se ei mahtunutkaan, ja Delaney tuijotti häntä yhdistelmällä ihailua ja inhoa. Ellery ilmaisi uskomuksensa siitä, että pelkoa ei saanut näyttää. Kuitenkin minä keskityin Delaneyhin ja muistin sen ensimmäisen päivän, kun olimme saapuneet aukiolle, missä hän vaikutti pienemmältä, melkein epätodelliselta, ja nauroi maassa. Hän oli sanonut minulle: "Olet ihan sekaisin, Farley...sen takia, että mäki..." Sanoin: "Emme koskaan saaneet liikutettua kiveä", sekä vanhalle että uudelle Delaneylle. Hän katsoi lävitseni, ja häneen tuijottaessani huomasin hänen hiustensa hulmuavan tuulessa. Siinä hetkessä tajusin, että hän oli enemmän kuin miltä silmä näytti.

"Delaney", kysyin epätoivoisesti, "miksi ruusupensaissa ei ole ruusuja?" Hän tuijotti minua tyhjästi, ja hänen silmänsä muuttuivat jopa hetkellisesti verenpunaisiksi. Hämmennyksissä yritin toistaa kysymykseni, mutta puheeni oli vaurioitunut aiemmin juomastani oluesta. Jatkoin kyselyäni, mutta Delaney vastasi siihen omalla laulullisella kysymyksellään: "Miksi niitä pitäisi olla?" Sitten huomasin, että ympäröivät kivet olivat selittämättömästi kasvaneet suuremmiksi, ja yritin soittaa niillä musiikkia. Yhtäkkiä kivet alkoivat tärähdellä, ja maanpinta allamme tärisi voimakkaasti. Huomasin olevani kohoamassa ylös aukiosta ja katsoin ystävieni reaktioita kaaokseen. Delaneyn ilme oli sekä julma että ystävällinen, jättäen minulle karvaan maun suuhun.

"Päästä minut alas", ähkäisin epätoivoisesti. Suljin silmäni ja avasin ne uudelleen, tajuten olevani takaisin lähtöpisteessä ja kivien kasvamisen lakanneen. Pelko valtasi minut, kun katsoin Delaneyta. Yritin varoittaa häntä, mutta en kyennyt puhumaan. Yhtäkkiä voimakas halu olla missä tahansa muualla valtasi minut, ja tajusin, kuinka kauhea tilanne oli. Ja niin, juoksin. Tuntui siltä kuin metsä olisi jahtaamassa minua, tunteiden ja aistimusten pyöriessä päässäni. lopulta romahtelin puun taakse, toivoen ettei kukaan löytäisi minua ja yrittäen tukahduttaa uskomuksen siitä, että pelastus, vapautus ja tuho olivat kaikki synonyymejä linnoitukseni tunkeutumiselle.

En ollut varma siitä, miten aika kului, kuka sen kontrolloi tai oliko sitä edes olemassa minulle ollenkaan. Tuntui mahdolliselta, että universumi oli keskeyttänyt ajan noituuden metsästyksen aikana, ja että olisin jotenkin päätynyt metsään. Seisoessani siinä tunsin kuin olisin tulossa osaksi metsää, tai että se oli tulemassa osaksi minua. Syvä paniikki valtasi minut, kun tajusin, etten tulisi pelastetuksi etsintäpartion toimesta, vaan imeytyisin universumiin. Itsestäni ja kaikesta, mikä määritti minut, oli tulossa hitaasti ja tasaisesti pois, ja se oli pelottavaa. Tunsin huutavani tyhjyyteen - ääneni katosi tyhjyyteen, mustaan aukkoon, joka nielaisi kaiken. Sitten tajusin makaavani maassa, katsellen itseäni. Olin osa kaikkea, mutta samalla en mitään. Olin Jumala ja samalla Jumalan poissaolo. Taistelin vangitakseni tämän hetken, tietäen sen olevan turhaa, mutta silti lamautuneena pelosta ja hämmästyksestä. Hitaasti palasin takaisin todellisuuteen, mutta pysyin liikkumattomana pitkään, kykenemättömänä pääsemään eroon surrealistisesta tunteesta.

Nousin hitaasti istumaan, hämmentyneenä ja epävarmana siitä, olinko imeytynyt universumiin vai olinko imeyttänyt sen itseeni. Minut valtasi käsittämätön yhdistelmä rauhallista tyyneyttä ja kauhistuttavaa huojennusta. Metsä oli pilkkopimeä, lukuun ottamatta kylmän rauhallisen kuunvalon kalpeaa loistetta, joka peitti lempeästi epämuodostuneita aukkoja maassa. Ne kimmelsivät oudosti, ja lähestyin yhtä näistä laikuista ja seisoin siinä, tuijottaen kuuta. Yhtäkkiä tajusin, että kuu ei tuijottanut takaisin minua. Jos minut oli jotenkin nielty universumiin, katsominen kuuhun olisi kuin katsoisi omaa heijastustaan. Mutta voisiko kuu nähdä heijastuksensa minussa? Vai olinko jotenkin näkevä omani kuussa? Käännyin ja kävelin hitaasti metsän läpi. Aina kun astuin kuunvaloon, ihoni kipinöi oudosti, sitten hitaasti haipui pois, palatakseen näkyviin, kun palasin varjoon. Pelko korvautui kiehtovuudella. En enää kyennyt pelkäämään, ja se itsetunto, jota olin viljellyt, katosi. Tunnit kuluivat, kun kävelin kohti Ronny Orwellia kertoakseni hänelle, mitä olin oivaltanut. Metsä tuntui kiertyvän ympärilleni, ja näin samat kuunvalon laikut. Veren maku oli muuttunut oudoksi hopeiseksi fluoresenssiksi.

Lopulta pystyin erottamaan kaksi tuttua hahmoa - ne olivat ne kivet. Lähdin kohti niitä innolla, katsellen niiden kasvavan korkeammiksi ja korkeammiksi, ikään kuin ne auttaisivat minua saavuttamaan ne. Tunsin syvän yhteyden metsään, ikään kuin koko metsikkö kiiruhtaisi kohti samaa määränpäätä, samalla kiihkeällä impulsiivisuudella ja riemulla kuin minä, kun paljastin Ronnylle totuuden siitä, mitä oli tapahtunut. Totuus oli vielä kammottavampi kuin olimme alun perin kuvitelleet, mutta asiat olivat täysin, uskomattoman euforisia. Saavuttuani aukeamalle oli lähes täysin pimeää, ja kaksi kiveä heitti varjon ympärilleen. Ronny makasi aukeaman reunalla puun vieressä, kädet levällään. Hiuskarvat olivat tarttuneet hänen otsaansa ja niskaansa, ja hiki oli peittänyt hänen ruumiinsa ja kastellut vaatteet. En ollut varma, oliko hän todella siinä, kun kuunvalo jatkoi näkökenttäni vääristämistä. Vavisten ojensin käteni ja asetin sen hänen olalleen. Kun hän ei reagoinut, ravistelin häntä voimakkaasti. Hän perääntyi ja näytti peloissaan, suuret silmät vilkuilivat aukeamalla. Hän tarttui käsivarteeni ja tuijotti minua useita hetkiä. "Farley?" hän kuiskasi lopulta. Katsoin vain häntä, katsellen kuunvalon välkettä ja kimmellystä hänen vaalealla ihollaan. "Kuuntele, Ronny", kuiskasin, "et koskaan usko, mitä olen tajunnut." Mutta joka hetki kulkiessaan Ronny näytti yhä enemmän ja enemmän hälyttyvän, silmiensä liikkuen nopeasti edestakaisin.

"Ronny," kuiskasin, tuntien syvää ärsyyntymistä hänen huonoon keskittymiseensä. "Missä he ovat?" hän kysyi alakuloisesti ja valitti, "Missä he ovat, Farley?". "Kuka?" ärähdin, tajuten, että aukea oli tyhjä. "Eivät he", Ronny kuiskasi, "Missä ovat Tralfamadorialaiset?". "Mitä?" kysyin kärsimättömästi, huomaten kuunvalon leikkivän outoja temppuja hänen ihollaan. "He aikoivat viedä minut mukanaan ja tuoda minut Tralfamadorialaisille, Farley", hän kuiskasi. "Sinun ei tarvitse enää huolehtia siitä", kannustin, "Koska, Ronny, tiedätkö mitä olen tajunnut? Olemme Jumala." "Tarkoitatko meitä molempia?" Ronny kysyi hitaasti. "Ei", ärjäisin, "Olen maailmankaikkeuden Jumala. Mutta kukaan muu ei omista maailmankaikkeutta, Ronny, koska se on valinnut minut Jumalakseen, aivan kuten sinunkin tekee, jos annat sen." Ronny tuijotti minua ennen kuin peitti kasvonsa käsillään ja alkoi itkeä, "Tralfamadorialaiset ovat menneet, ja kuulostat jumalauta hullulta!". Tunsin ärsyyntymistä ja yritin selittää, mutta huomasin päänsäryn ja pahoinvoinnin. Silmäkulmastani näin parin pullon lojuvan aukeamalla.

"Ovatko ne samanlaisia kuin kaikki muu, mitä olemme tänä iltana juoneet?" sanoin sanoen pois, sitten nielaisin. "Kuuntele, Ronny. Ovatko nuo samanlaisia kuin kaikki muu juoma, mitä olemme tänä iltana juoneet?" Hän antoi minulle vihaisen katseen. "Et voi ottaa niitä", hän sanoi. "Kuvitteelliset ystäväsi ottivat suurimman osan, mutta säästän nämä kaksi Tralfamadorialaisille uhriksi." Hänen ihonsa välähti vihreäksi ja palasi sitten valkoiseksi. "Voi", sanoin, ravistaen päätäni. "Mutta ymmärräthän sinä, että Tralfamadorialaiset eivät ole olemassa, eivätkö niin, Ronny?" "Ne ovat", hän ärähti. "Ne ovat olemassa,

Farley, ja sen tiedät! Et voi ottaa niitä! Selvä?" Ärsyynnyin siitä, että niin voimakas aine oli säästetty myyttisille olennoille. "Kuuntele, Ronny, se alkaa kulua pois, ja tarvitsen tunteen kestämään kauemmin, jotta voin lopettaa sen selvittämisen—" Yhtäkkiä Ronny yritti napata pulloja, kun en ollut valppaana. Onneksi hän ei ollut ketterä, ja löin pullot hänen käsistään, jolloin hän jäi maahan. Toinen rullasi puun alle, ja toinen hajosi palasiksi kiveen. Olimme jähmettyneet kahdeksi sekunniksi. Sitten jotain minussa katkesi, ja tunsin hallitsematonta vihaa Ronny Orwellia kohtaan juuri sillä hetkellä. "Näetkö mitä olet tehnyt?!" huusin. Kuu, metsä, tähdet ja Maa antoivat voimansa minulle, kun taistelin maailmankaikkeuden omistajuudesta, onnellisuudesta, vapaudesta, moraalista, vallasta, totuudesta, tiedosta, petoksesta, pakoon pääsemisestä ja ymmärtämisestä.

Tunsin veren sykähtelevän korvissani kuin makuna; niin voimakas oli tunne, että saatoin aistia sen virtaavan alaspäin suonissani, käsien, nyrkkien, jalkojen läpi. En ollut koskaan tietoinen päätöksestäni hyökätä Ronnyn kimppuun; mutta vihan ja inhon tunne oli niin voimakas, että sen lopullisen purkautumisen mukana tuli tunne voittamattomasta euforiasta ja voitosta. Vaikka en voinut muistaa, milloin se oli alkanut, olin uskomattoman tietoinen siitä, miten nyrkkieni nousu ja lasku aiheuttivat vihan lähteen valtavaa kipua ja tuottivat minulle valtavaa iloa.

Lopulta tajusin hetken, jolloin hän lakkasi kamppailemasta päästäkseen vapaaksi, mutta en voinut lopettaa. Tuntui siltä kuin sydämestäni olisi vuotanut niin paljon verta nyrkkeihini, että jos estäisin sen purkautumisen, se hyytyisi jonnekin sisälläni, kunnes lopulta rintakehäni räjähtäisi, jättäen jälkeensä silvotun ruumiin, joka vuotaisi verta.

Kuitenkin tuli hetki, jolloin näin vilauksen Ronnyn kasvoista; otsalla ei ollutkaan hikeä, vaan verta; sen sijaan että olisi ollut kalpea kuin kuunvalo, se muuttui rumiksi punaisiksi ja tummanpurppuran sävyiksi. Tässä vaiheessa tajusin, että minun täytyi lopettaa. Mutta samalla ymmärsin myös, etten voinut.

Kun tajusin tämän, ei vihan jälkiä ollut enää jäljellä; oli vain pysäyttämätön, kauhistuttava pelko, tunne, jota olin hyvin äskettäin ollut varma siitä, etten enää koskaan kokisi.

Tuntui siltä kuin maailmankaikkeus olisi ottanut kehoni vangiksi; kuten aiemmin metsässä, tunsin katsovani itseäni ulkopuolelta. Oli syvällinen, kummallisen koneellisen keskittyneen näköinen ilme, joka kesti hiljaa ja kammottavasti jokaisen iskun mukana; ja sitten, kun tulin tempaistuksi takaisin kehooni, katsoin alas Ronnyn kasvoihin ja tajusin, että en enää hyökännyt hänen kasvojaan vastaan. Hyökkäsin omaani vastaan.

Kylmyys, joka kulki lävitseni, olisi pitänyt pysäyttää minut siihen paikkaan, mutta en ollut enää kontrollissa. Epätoivoisesti mieleni huusi maata ja maailmankaikkeutta, kaikkea sitä, jonka olin julistanut itselleni Jumalaksi, anoen niitä pysäyttämään minut. Kyyneleet valuivat kasvoiltani ja putoilivat uhrini paidalle, kun itkin kauhusta ja epätoivosta. Pyyntöjä, anteeksipyyntöjä, kauppoja ja rukouksia huudoin avuksi, mutta maailmankaikkeus kieltäytyi luovuttamasta hallintaa kehostani. Silloin tajusin, ettei kehoni ollutkaan alun perin minun hallinnassani.

Tämän oivaltaminen iski minuun, ja raajani alkoivat puutua ja iskujeni tarkkuus heikkeni. Iskut heikkenivät ja heikkenivät, kunnes tuntui kuin elin ikuisuuden kidutuksessa. Lopulta lysähdin maahan, hengittäen raskaasti ja rukoillen hiljaa kuuta, aurinkoa ja tähtiä. Lupasin heille oppineeni läksyni ja vannoin, etten koskaan enää päästäisi ketään linnaani. Useiden hetkien jälkeen pakotin itseni istumaan ylös. Ronnyn kasvot olivat palautuneet normaaleiksi, mutta hän oli täysin tajuton. Taputtelin hänen käsivarttaan ja huusin hänen nimeään, mutta ei ollut vastausta. Ravistelin hänen olkapäätään ja jopa kiipesin hänen päälleen, huutaen hänen korvaansa, mutta hän ei silti herännyt.

Hetkellinen helpotus, jonka olin aiemmin kokenut, oli täysin haihtunut. "Ronny, Ronny, hei kaveri, herää. Oletko siellä, senkin idiootti? Ei tarvitse olla noin," huusin yrittäen herättää hänet tajuttomuudesta. Kuunvalo loi oudon valokeilan hänen kasvoilleen, korostaen sitä tuhoa, jonka olin aiheuttanut. Vatsani kääntyi, ja minut valtasi pahoinvoinnin aalto. Kyykistyin ja oksensin toisen kerran alle kahdentoista tunnin sisällä, kaukana Ronnysta. Palasin Ronnyn luo, ravistaen häntä ja huutaen hänen korvaansa, yrittäen kaikkea mahdollista saadakseni hänet heräämään. Hänen maatessaan siinä, kaikki mitä saatoin ajatella, oli tulevaisuuteni paenneena rikollisena. Yhtäkkiä kuunvalo heijastui rikkinäisestä olutlasista ja valaisi lähellä olevan puun. Ryömin puun alle, voittajana, kun löysin viimeisen ehjän olutpullon. Nousin jaloilleni ja avasin pullon, roiskuttaen sen suoraan Ronnyn kasvoille. Oli hetken hiljaisuus, joka muuttui paniikiksi, kun kuulin hänen äänekkään voihkaisunsa. Mutta sitten tunsin valtavan helpotuksen, kun Ronny heräsi ja katsoi minua. Kuitenkin helpotus haihtui nopeasti, kun näin ilmeen hänen kasvoillaan, kuin pahoinpidellyllä koiranpennulla. Halusin pyytää anteeksi tai kiittää häntä, mutta en ollut hyvä sanoissa. Kaikki, mitä saatoin sanoa, oli, että päätäni särki. Ronny nyökkäsi ja pyyhki kasvojaan, paljastaen veren nenästään. Syyllisyys valtasi minut. "Hei kaveri, eikö meidän pitäisi viedä sinut sairaalaan tai jotain?" kysyin.

Hän tuijotti minua hetken ennen kuin katsoi kättään ja sitten taas minuun. Sitten hän nousi ylös, kääntyi ympäri ja alkoi kävellä pois päin. "Ronny?" sanoin hiljaa. "Minne olet menossa?" Hän kääntyi katsomaan minua uudelleen ja vastasi surullisella ja uupuneella äänellä: "Menen kotiin. Tralfamadorialaisia ei ilmeisesti tule." Hän kääntyi pois ja jatkoi kävelyään. Silmieni painuessa umpeen, hänen hahmonsa muuttui epäselväksi. "Ronny, se on vaarallista. Se yrittää syödä sinut kuten teki minulle", sanoin, mutta päässäni oleva kipu kävi liian voimakkaaksi jatkaakseni.

Huokaisin ja laskin pääni maahan. "Olen pahoillani, että yritin rikkoa ikkunoita", kuiskasin maalle, toivoen sen kuulevan minut. Kuulin lehtien kahinaa, jonka tulkitsin vastahakoiseksi hyväksymiseksi. Aloin pyytää anteeksi muitakin asioita, ja vaikka harkitsin alusta aloittamista, lopulta luovutin ja nukahdin suuren kiven alle.

Luku 16

Kun heräsin, tunsin oloni todella kamalaksi. Ensin en voinut muistaa mitään tapahtuneesta. Sitten vakuutin itselleni, että Delaney oli sarjamurhaaja, joka aikoi hyökätä kimppuuni, jos liikahdin. Makasin siinä hetken kuin joku olisi iskenyt minua vasaralla päähän. Lopulta muistin, mitä oli tapahtunut, ja nousin istumaan, vain huomatakseni, että kaikki muut olivat kadonneet. Tartuin ainoaan ehjään olutpulloon ja aloin kävellä kohti sitä paikkaa, minne Delaney oli pysäköinyt autonsa. Mutta sitten muistin oudon muistikuvan siitä, kuinka olin estänyt itseäni hyökkäämästä Ronnyn kimppuun, ja tajusin, että hän oli kadonnut. Huusin hänen nimeään, mutta hän ei vastannut, ja aloin paniikissa. Juoksin tietä kohti, mutta minut valtasi pahoinvointi, ja oksensin. Toivuttuani horjuin tien suuntaan, katuen etten ollut seurannut jälkiä takaisin Delaneyn talolle, koska en halunnut herättää hänen äitinsä huomiota siitä, mitä oli tapahtunut tapaamisessamme.

Tunsin helpotusta nähdessäni Delaneyn auton pysäköitynä tien sivuun. Juoksin sitä kohti paniikissa, mutta hidastin tahtiani ripeäksi kävelyksi muistaessani, mitä oli tapahtunut viime kerralla. Saavuttuani autolle näin, että Delaney ja Ellery olivat viettäneet koko yön takapenkillä ja nukahtaneet päällekkäin. Vihaisena koputin ikkunaan herättääkseni heidät. Delaney heräsi ensin ja siirtyi etupenkille. Kysyessäni häneltä oliko hän nähnyt Ronnya, hän ärähti minulle vielä oksennuksen hajun tullessa suustani. Kerroin oksentaneeni uudestaan ja kysyin, oliko hän ja Ellery nähnyt Ronnyn kulkevan ohi. Hän pudisti päätään ja katsoi minua epäuskoisena, kertoen minulle mitä Ronny oli tehnyt heidän juomilleen. Kun Ellery heräsi, hän kysyi, oliko Delaney tappanut ihmisiä. Keskeytin ja kysyin, oliko hän nähnyt Ronnya.

Ellery haukotteli ja kysyi, "Viime yö?" Mutta Delaney ärähti äkkiä ja käski heidän poistua hänen autostaan. He kääntyivät katsomaan häntä, hämmentyneinä. Delaney uhkasi heitä kaasusumuttimella ja vaati heitä lähtemään ennen kuin hän laskisi kymmeneen. He eivät halunneet suututtaa häntä enempää, joten he poistuivat ja kävelivät pois. Delaney heitti Ellerylle kourallisen rypistettyä paperia ajon aikana. Lappu kertoi, että hän oli lähdössä seurasta, mikä suututti Elleryä. Päähenkilö yritti lohduttaa häntä ja kertoi, ettei se ollut koskaan ollut klubi, vaan yhdistys. Sitten Ellery soitti veljelleen hakemaan heidät.

"Joten," Paul sanoi, pysähtyen auton eteen, "oletteko vetäneet överit?" Hän katsoi kädessäni olevaa pulloa. "Ei aivan", mutisi Ellery. Paul tarkkaili meitä, kun astuimme autoon. "Mitä tarkalleen tapahtui sitten?" Kumpikaan meistä ei sanonut mitään. Ellery näytti äärimmäisen kiinnostuneelta istuimen polyesterista. "Tulehan, Ellie", Paul sanoi iloisesti, "et kai aio olla kertomatta minulle mitään?" Tuijotin vihaisesti Paulia. "Tiedätkö, me olemme ihmisiä, emme taideteosta", sanoin. Paul nosti kulmiaan ja käynnisti auton. "Mukavat kaverit sinulla, Ellie", hän sanoi, ei ensimmäistä kertaa. "Hän ei oikeastaan ole ystäväni, Paul", Ellery sanoi. "Mutta rehellisesti sanottuna hänellä on pointti." Koska en ollut halukas menemään kotiin, pyysin Paulia pudottamaan minut Ronnyn talon sijaan. Etuovi oli hieman raollaan, minkä tulkitsin positiiviseksi merkiksi siitä, että Ronny oli päässyt kotiin. En kuitenkaan muistanut, olimmeko sulkeneet oven lähtiessämme; kokemus oli muuttunut sumeaksi ja sekavaksi. Työnsin oven auki ja astuin taloon. "Ronny?" huusin hieman jännittyneenä. "Hei? Oletko elossa?" Aloin miettiä, mitä tekisin, jos hän ei olisi päässyt kotiin. Aloin huolestua ja ajatella, että olisin pitänyt yrittää kovemmin löytääkseni hänet metsästä, koska hänen kunnossaan kotiin käveleminen oli todennäköisesti aika epävarmaa. Aloitin suunnitella erilaisia tapoja, joilla voisin selittää itseni, jos hän olisi saanut vakavan vamman, mutta sitten kuulin äänen yläkerrasta. Nousin nopeasti portaita ylös ja huusin hänen nimeään. Kuulin ääniä käytävän toisesta päästä, joten aloin kävellä siihen suuntaan. Kun olin varmistanut, että hän oli elossa, päätin, että aion mennä kotiin, jotta voisin oksentaa äitini kenkiin ja lopettaa koko kokemuksen.

Saavuttuani oven luo, josta äänet kuuluivat, koputin kohteliaasti, vaikka ovi oli jo osittain auki. "Ronny?" huusin uudestaan. Kuulin hänen äänensä sisältä, mutta se ei kuulostanut siltä, kuin hän puhuisi minulle. Hän vaikutti mutisevan jotain kiireisesti jollekin, ikään kuin hän ei haluaisi kenenkään ulkopuolisen kuulevan. Epäröin hetken ja harkitsin lähtemistä; hänhän oli kuitenkin päässyt kotiin, eikö niin? Mutta jokin pakotti minut työntämään oven auki - jokin outo, utelias osa persoonallisuuttani, johon en ollut vielä tullut kosketuksiin ennen tuota hetkeä. Astuin huoneeseen ja tuijotin. Hän istui yksin ammeessa, joka oli täysin tyhjä vedestä, ja hänellä oli päällään vain vihreävalkoiset ruutukuvioidut bokserit. Tyhjät olutpullot ja tölkit olivat lattialla ympäriinsä, mutta hän ei voinut olla niin humalassa, koska minusta tuntui, että hän oli kaatanut suurimman osan niistä ammepesumaton päälle, joka oli litimärkä, ja itselleen. Hän kääntyi katsomaan minua silmillä, jotka muistuttivat jänistä, joka oli juuttunut koloon ketun ahtaaseen saartoon. Räpyttelin silmiäni ja tuijotin häntä uudelleen, katsellen ympärilleni täysin järkyttyneenä. "Ronny", sanoin, äänensävyni jossain inhosta ja ihailusta välillä, "miten voit vielä juoda tuota tavaraa?" Hän alkoi hihittää hullun lailla, nostellen hitaasti vapisevaa sormeaan ja osoittaen sitä kohti minua. "Sinä", hän nauraa tirskui, äänensä tullessa ulos ohuempana ja korkeampana kuin tavallisesti, "näytät kamalalta." Katsoin nopeasti paidalleni. Siinä oli huomattava määrä likaa sekä oljen tahroja ja outoja punaisia tahroja, jotka olivat luultavasti Ronnyn verta. Käteni olivat naarmuilla ja farkuissani oli suuri repeämä, paljastaen

verisen polven. Mutta sitten ravistelin
pääтäni, katsoin takaisin häneen ja
sanoin: "puhu itsesi puolesta." Hän
räpytteli silmiään useita kertoja, sitten
piti kätensä hyvin lähellä kasvojaan.
"Sinun- sinun täytyy poistua täältä,
Farley", hän mutisi. Hän otti siemauksen
juomastaan, sitten alkoi heti yskimään ja
sylki sen takaisin ulos.

"Kysyin Ronnylta, 'Mitä tarkalleen oli
niissä juomissa?' Hän alkoi hitaasti
pudistaa päätään ja mutista, 'En tiedä,
Sam sanoi minulle, etten saisi juoda
niitä, mutta halusin, että pidät minusta ja
autan sinua linnasi kanssa.' Rauhoitin
häntä ja kerroin, että hän oli auttanut
minua hieman, enkä halunnut tehdä
hänen oloaan entistä huonommaksi.
Sitten Ronny kysyi, tulisivatko hänelle
näkyneet kuvitteelliset olennot.
Surullisena kerroin hänelle, että ne eivät
olleet todellisia. Hän suuttui ja huusi,
ettei sillä ollut väliä, oliko ne todellisia,
koska ne tekivät hänet onnelliseksi. Hän
vaikutti sitten riitelevän itsensä kanssa,

mutisten lähtemisestä ja liittymisestä olentojen joukkoon."

"Minun täytyy..." sanoin, ääneni kohoten useita oktaaveja korkeammalle kuin tavallisesti, Ronnylle. "Ei, kuuntele", hän mutisi, edelleen puhuen itsekseen. "Joka tapauksessa, se on voitto. Jos se on erilaista, se on parempaa. Jos se ei ole mitään, se ei merkitse. Jos se on erilaista tai jos se ei ole mitään, se on parempaa... se ei merkitse..." Koko kehoni jähmettyi ja minulla oli äkkiä voimakas halu poistua huoneesta ja olla koskaan katsomatta taaksepäin. Halusin päästä niin kauas kuin mahdollista Ronnysta ja hänen talostaan, pestä käteni kaikesta vastuusta ja vapauttaa mielessäni kaikki otteet, jotka Ronny oli koskaan minuun saanut. Mutta en voinut liikuttaa raajojani, ja hengitykseni kulki sisään ja ulos oudosti, ikään kuin keuhkoni kamppailisivat saadakseen ilmaa. Lopulta Ronny katsoi minua puhdasta vihaa ja epätoivoa hehkuen. Se oli katse äärimmäistä inhottavuutta ja samalla epätoivoista avunpyyntöä. Hänen silmiensä tuijotus tuntui käynnistävän kehoni liikkeelle, ja aloin kävellä taaksepäin niin nopeasti kuin pystyin. "Näkemiin, Ronny", hengähdin, ottaen viimeisen askeleen taaksepäin ja paiskaten oven kiinni. Seisoin hetken paikallani, tuntien hänen katseensa voiman pitävän minua paikallani, ja sitten käänsin hitaasti selkäni ja hengitin syvään tarkistaakseni, olivatko keuhkoni vielä toiminnassa. Lopulta juoksin. En kiinnittänyt huomiota suuntaan, tiesin vain, että halusin päästä niin kauas kuin mahdollista tuosta talosta ja olla koskaan, koskaan katsomatta taaksepäin.

Pääsin jälleen tielle ja aloin kävellä sokkona. Tunsin pelon, kauhun ja pahoinvoinnin kaiken kasaantuvan vatsaani. Minun oli pakko pysähtyä tien sivuun oksentamaan uudelleen, paitsi että tällä kertaa vatsani oli niin tyhjä, että lopputulos oli pelkkää tuskallista, kamalaa kakomista. Ajatuksissani kompuroin eteenpäin; en halunnut soittaa kenellekään hakemaan minua; en halunnut nähdä ketään uudelleen, koskaan - se oli liian sairasta, liian tuskallista, liian kauheaa - ja niin en huomannut, minne olin menossa, ennen kuin olin sinne päässyt.

Mäki kohosi minua kohti kuin vanha ystävä ja hirvittävä vihollinen; kauhea oivallus siitä, että olin juuri kävellyt melkein täydellisen ympyrän, sai minut tuntemaan tyhmyyteni todellisen laajuuden kuin metallisangon, joka murskattiin päähäni. Hitaasti, kuin horroksessa, aloin nousta ylös; yrittäen perustella itselleni, että se teki täysin täydellistä järkeä, koska aikomukseni oli pyytää Delaneytä ajamaan minut takaisin kotiin; mutta oikeasti tiesin, ettei kyse ollut siitä. Tarvitsin jotain häneltä, mitä olin etsinyt siitä lähtien, kun olin ensimmäisen kerran kävellyt mäkeä ylös; tarvitsin vastauksen.

Kävely ei ollut niin vaikeaa kuin olin luullut; kehoni oli saavuttanut pisteen, jossa se oli niin uskomattoman kivun vallassa, että mikään lisäkivun tuntemus ei tuntunut enää kuin tylpältä ja puutteelliselta pistelyltä; ainoa vaikeus tuli vastaan, kun olin melkein aivan huipulla, ja kompastuin ja horjahdin. Tämä kaatuminen toi minulle oudon oivalluksen; että kannoin edelleen tyhjää olutpulloa selvennykseltä, unohtaen sen olemassaolon siihen asti, kun se putosi käsistäni ja vierähti tien sivuun. Otin sen mukaani ja jatkoin kävelyä.

Olin jo alkanut pelätä koputtamista Delaneyn talon ovelle ja siten mahdollista kohtaamista hänen äitinsä kanssa; kuitenkin kun talo tuli täysin näkyviin, tajusin, ettei tämä tulisi olemaan ongelma. Näin Delaneyn kumartuneena talonsa edustan puutarhaan, hänen käsivarsiensa liikkuvan nopeasti edestakaisin, hiusten leijaillessa villisti ja pelottavasti hänen kasvojensa ympärillä.

Päätäni tuntui pyörryttävän, kun kävelin lähemmäs ja lähemmäs häntä, kunnes seisoin aivan hänen vierellään; ja siinä vaiheessa huomasin, mitä hän teki;

vaikka todellisuudessa olin tiennyt sen koko ajan.

Hiki kiilsi hänen otsallaan, kun hän jatkoi kiivaasti repimistään; verta valui alas hänen sormistaan ja tipahti hitaasti hänen ranteitaan ja käsivarsiaan pitkin, minun seistessäni useiden metrien päässä hänen takanaan oudossa transsissa, joka oli yhtä aikaa kunnioittava ja pelokas. Tyhjä ruusupensas, joka oli alun perin vaikuttanut kyvyttömältä kasvattamaan kukkia, oli alkanut puhjeta pieniksi nupuiksi, piilossa suurten ja uhkaavien piikkien joukossa, jotka kaartuivat ulospäin suojellakseen niitä. Delaney ei näyttänyt välittävän; hän jatkoi väsymättömästi, työntäen käsivartensa syvemmälle ruusupensaaseen, poistaakseen sieltä kasvaneet nuput, kuin joku, joka yrittää epätoivoisesti raapia tietään pakottomasta kuilusta.

Vaikka otin askeleen lähemmäs, hän ei tuntunut huomaavan minua. Hänen keskittymisensä ruusuihin oli niin voimakasta, että ravistin hitaasti päätäni.

Näin jotain kamalaa, mutta en voinut ymmärtää miksi. lopulta sanoin "Delaney" äänessäni ihmetystä ja hämmennystä. Hän kääntyi ympäri ja tarkasteli minua raivoisan villillä katseella. Tunsin irrationaalista pelkoa siitä, että hän hyökkäisi minua kohti. "Mitä sinä täällä teet?" hän ärähti vihaisena, silmissään pahuutta. "Sanoinhan sinulle, että lopetin." Astuin askeleen lähemmäs ja sanoin, "Tiedän. Mutta et koskaan kertonut minulle, mitä vihaat niin paljon näistä ruusuista." Hän tuijotti minua hetken, ja tunsin pienen pelonväreilyn, kun tajusin ehkä kysyneeni jotain, mitä en olisi pitänyt kysyä. lopulta hän pyyhkäisi hiuksensa pois kasvoiltaan, jättäen punaisen verijuovan otsalleen, ja sanoi: "Kysy Ellerylta." Sitten hän jatkoi tehtäväänsä, ja minä katsoin kauhulla. Kääntyessäni lähteäkseni, jalkani jäi kuoppaan kiinni ja kaaduin suulleen. Puristaen tyhjää olutpulloa rintaani vasten, makasin siinä hengittäen raskaasti. Yhtäkkiä kuulin jonkun sanovan nimeni. Se oli Delaneyn äiti, joka oli tuijottanut minua oven suusta. Hän kyyristyi viereeni ja ojensi kätensä minulle.

"Rouva Fowles", sanoin vapisevalla äänellä, kuulostaen häpeällisen lähellä itkua, "Mikä on vialla Delaneyn kanssa?" Näin heijastukseni hänen kasvoissaan ja huomasin hämmentyneen ja avuttoman ilmeen, joka vastasi omaani. Hän otti käteni ja auttoi minut jaloilleni. "Anteeksi", mutisin, "Nimeni on Farley." Sitten purskahdin itkuun. Hän ohjasi minut kohti taloa, pois tieltä. Hän ei katsonut Delaneya, kun hän vei minut kuistille ja istutti minut alas. Delaney jatkoi epätoivoista ruusupensaiden repimistä, näyttäen sekavalta ja toivottomalta. "Kaikki tulee olemaan hyvin, Farley", rouva Fowles sanoi rauhoittavasti, vaikka hän ei ymmärtänyt tilanteen laajuutta. "On aika mennä kotiin." En muista paljonkaan matkasta kotiin, paitsi että tunsin pahoinvointia ja olin hiljaa. Ainoa ajatukseni oli, etten halunnut oksentaa rouva Fowlesin autoon. Kun saavuimme takaisin kotiin, rouva Fowles kysyi ystävällisesti, halusinko hänen tulevan mukaani sisään. "Ei", kuiskasin. "Kiitos kovasti." Kompuroiden autosta ulos. "Minun tarvitsee vain..." Ravistin päätäni hitaasti. "Minun täytyy mennä sisälle itse." Huolimatta toiveistani, rouva Fowles nousi autostaan ja auttoi minua kävelemään ovelle. Hän koputti useita kertoja, kunnes äitini vastasi. Hän oli keskittynyt kirjakerhoonsa ja kesti hetken ennen kuin avasi oven. "Hei!" äitini huudahti iloisesti. "On ihana tavata sinut. Sinähän olet..." Hänen hymynsä haihtui, kun hän katsoi minuun. "Farley, rakas", hän sanoi. "Miksi et ole koulussa?" Hänen silmänsä liukuivat olutpullooni, joka oli yhä kädessäni. "Farley, mitä täällä tapahtuu?" hän kuiskasi.

"Olen Mary Fowles", rouva Fowles kertoi äidilleni, "Ja luulen, että poikanne saattaa olla sairas." "Luulet, että hän on..." äitini jäi sanattomaksi ja katsoi minua mietteliäänä. "Onko hän...onko hän..." Hän katsoi rouva Fowlesia ja nyökkäsi kohti kädessäni olevaa tyhjää pulloa. "No, rouva Underwood", Delaneyn äiti sanoi, "luulen, että teidän täytyy kysyä pojalta itseltään." Hän nyökkäsi äidilleni, taputti minua omituisella tavalla olkapäälle ja kääntyi sitten ympäri ja käveli pois. "Joten...joten olet sairas, Farley?" äitini sanoi ääneen, kohottaen kulmakarvojaan. "No, rakas, miksi et mene vain makaamaan yläkertaan? Tuon sinulle jotain juotavaa. Sinun pitäisi vain...Farley!" Työnsin hänet sivuun ja kävelin keittiöön, jossa kirjakerho istui, puristaen tyhjää pulloa tiukasti kädessäni. Heidän silmänsä laajenivat nähdessään minut, ja he tuijottivat minua sanattomina. "Ettekö te ihmiset koskaan lähde?" vaadin oudolla, ontolla äänellä. Äitini kiiruhti luokseni ja tarttui käteeni. "Farley on hyvin sairas", hän selitti. "Hän ei tarkoita sitä lainkaan. Farley, rakas, mene yläkertaan ja minä..." "KUUNTELE!" Tunsin huudon nousevan jostain syvältä kurkustani, heittäen kaikki neljä naista ällistyneeseen ja täydelliseen hiljaisuuteen. Ja sitten, liikkeellä, joka tuntui jotenkin hillittömältä ja välttämättömältä, vein kätensä taaksepäin ja heitin tyhjän olutpullon vastakkaiseen keittiön seinään. Sen sijaan, että olisin osunut kaappiin, kuten olin aikonut, se kääntyi oikealle ja murskasi ikkunan läpi, tinkivän lasin äänen täyttäen kauhistuneiden katsojien korvat kauan sen jälkeen, kun kuuluvasta äänestä ei ollut jälkeäkään.

Käännyin äitini puoleen, joka tuijotti minua kummallisella ilmeellä, jossa oli pelkoa ja vihaa. Huomasin kuitenkin toivottomalla epätoivolla, että siinä oli juuri oikea määrä närkästystä, järkytystä ja huolta.

Mutta näiden tunteiden takana oli kova ydin tukahtunutta tyhjyyttä ja steriiliä apaattisuutta. "Olen rikkonut kaikki ikkunat", sanoin. "Ei ole muutakaan mitä voisin tehdä." Sitten käännyin pois heistä neljästä ja kävelin portaita ylös katsomatta taakseni. Ei ollut mitään nähtävää joka tapauksessa.

Luku 17

Kun saavuin kouluun seuraavana päivänä, en löytänyt Delaneyta tai Ronnya mistään. Saapuessani paikalle, tarkkailin parkkipaikkaa ja huomasin, että Delaneyn autoa ei näkynyt missään. Etsin Ronnya kirjastosta, mutta muistin, että minulle oli yhä kielletty pääsy kirjastoon kiukkuisen kirjastonhoitajan ajamana. Kulkiessani käytävää pitkin, Ellery lähestyi minua, pukeutuneena kokomustaan ilman lasejaan. Hän kysyi, olimmeko yhä ystäviä, ja vastasin huomauttamalla, että emme enää olleet seurue. Hän kysyi sitten, olinko puhunut Delaneylle, ja vältin kysymyksen kysymällä, tiesikö hän, miksi Delaney vihasi ruusupensaitaan. Kun hän pyysi minua kertomaan Delaneylle, että hän oli pahoillaan, vastasin, että hän tuskin puhuisi minullekaan. Sitten Ellery antoi minulle hattunsa ja kehotti minua pitämään sen, vaikka meillä ei koskaan ollutkaan oikeastaan ollut ystävyyssuhdetta.

Katsoin hattua ja sanoin Ellerylle, "Kuinka monta kertaa minun täytyy sanoa sinulle, että hattusi on ruma, enkä halua sitä?" Elleryn kasvoilla näkyi sekoitus vihaa ja huvittuneisuutta. "No", hän sanoi, "otat sen kuitenkin." Hän pani hattunsa voimakkaasti päähäni, peittäen koko kasvoni. Halusin vastata vihaisesti, mutta tiesin sanojeni olevan tukahdutettuja, mikä teki vastustamisesta turhaa. Kuulin Elleryn askeleet, kun hän poistui. Kello soi, mutta en halunnut mennä luokkaan. Sen sijaan suuntasin kohti huoltomiehen komeroa, toivoen löytäväni Ronnyn, mutta tietäen, ettei häntä siellä olisi. Saapuessani koputin kovaa oveen. Steve-huoltomies avasi sen ja katsoi minua. "Oletko nähnyt Ronnya tänään?" kysyin häneltä. Hän pudisti päätään, ja tunsin pettymyksen. Tarjosin hänelle Elleryn hattua, ja hän kohotti kulmiaan hämmennyksestä. "Kiitos, poika", hän sanoi, "mutta en halua sitä." Vaadin häntä ottamaan sen silti, ja hän suostui vastahakoisesti. Hän tuijotti minua ja sanoi: "Sinähän olet se poika... se, joka

pyysi minua penkomaan roskiksia."
Nyökkäsin ja sanoin: "Tiedän, ettei se
järkeenkäypää ole, mutta jos tekisit niin,
me olisimme onnellisia." Hän katsoi
minua epäluuloisesti ja sanoi: "Mikset
sitten itse pengo roskiksia?" Päätin olla
yrittämättä selittää enempää ja sanoin
hyvästit, mutta Steve huusi perääni
vihaisena, kysyen, miksen vastannut
hänen kysymykseensä. Virnistin ja
sanoin: "Älä ole tyhmä, se ei toimi niin."

-Loppu-

LISÄÄ KIRJOJA SAMALLA TEKIJÄLTÄ

NOVEL
That's My Love Story
The Society in Opposition
to Everything

SHORT STORY
Where the Pandemic Started

NONFICTION
Nature God
Human Behaviour on the Internet
Conceptualizing and Measuring
Human Anxiety on the Internet
Quote Me Everyday
Gags and Extracts

Nothing Shakes the
Smiling Heart
Why Nepal Fails

POETRY
A Very First Book of Poems:
Heartbreak...

109 Quotes, 07 Poems and a
Song of despair...
20 Love Poems and the
Economy Crisis
25 Sexy Poems
Yet another Book of
Poems
Happening: Poems
I Am Dead Man Alive
You Can
An Aphrodisiac
The Warrior
Obscurity
The Vandana & Other
Poems

Warrior of Light

Adventus

One-liners

The Lacetier: a
collection of
poems, quotes, and
arts

CHILDREN ILLUSTRATED BOOK
Pinky and Winky